Felix Dvorak

Küss die Hand, Herr Hofrat

und andere Satiren
aus Österreich

Felix Dvorak

Küss die Hand, Herr Hofrat

und andere Satiren
aus Österreich

Amalthea

Umschlagzeichnung: Rudolf Angerer
Herstellung: Verlagsservice Dr. Helmut Neuberger
und Karl Schaumann, Heimstetten
Satz: Fotosatz Völkl, Germering
Gesetzt aus der 10,5/13 Punkt ITC-Garamond
Druck und Bindung: Wiener Verlag, Himberg
Printed in Austria
ISBN 3-85002-275-7

Wenn die Menschen
mehr Humor besäßen,
hätten ihn die,
die ihn besitzen,
nicht so bitter nötig

Meiner Tochter
Katja Tatjana
gewidmet

Inhalt

Einleitung

Liebe Leser!

Ich hoffe, ich darf Sie so nennen, ohne Sie persönlich zu kennen.

Sollten Sie jedoch überzeugt sein, daß diese Anrede unpassend ist, dann täte es mir leid, denn ich habe liebe Leser lieber als nicht liebe Leser. Am liebsten aber habe ich liebe Leser, die dieses Buch nicht nur lesen, sondern es auch kaufen.

Sollten Sie aber ein lieber Leser sein, der so lieb war, dieses Buch nicht nur zu lesen, sondern auch zu kaufen, trotzdem aber über meine Anrede unglücklich ist, so tut es mir sehr leid, daß ich meine Anrede nicht mehr zurücknehmen kann, denn das Buch, das Sie jetzt in Händen halten, ist leider schon gedruckt. Letztere Unbill tragen Sie jedoch nicht allein, sondern zusammen mit anderen Käufern dieses Buches und vor allem mit dem sehr verehrten Herrn Verleger, den meine Lektorin rechtzeitig vor einer Auflage gewarnt hat, welche die Summe der Personen, die ich zum Kauf dieses Werkes zu veranlassen imstande bin, überschreitet.

Sollte Sie jedoch obenerwähnte Anrede so sehr stö-

ren, daß Ihnen dadurch die ganze Lektüre verleidet wird, so erlaube ich mir, Ihnen den Ratschlag zu erteilen, die Floskel aus dem Buch zu entfernen.
Dazu verwenden Sie entweder einen SUPER MARKING-Stift der Firma SUPER MARKER, und zwar die Fabrikationsnummer 770, da diese gerade die nötige Breite hat, damit Sie mit schwarzer Tusche die inkriminierte Stelle verdecken können, oder Sie nehmen ein TIPP OUT-Fluid der Firma TIPP OUTING und gehen Weiß darüber. Bitte beachten Sie, daß Sie dabei dick auftragen müssen, denn sonst schimmern eventuell die beiden Wörter durch.
Das beste ist jedoch, Sie überlesen einfach die Floskel, denn es könnte ja sein, daß Sie das Buch einem Freund zu lesen geben und dieser über meine Anrede beglückt ist.
Sonst weiß ich keinen Rat mehr.
Ich kann nur für das nächste Buch die Konsequenz ziehen und eine andere Anrede verwenden. Aber welche?
»Hochverehrter Leser!« müßte etwa in den alpinen Regionen gut ankommen, jedenfalls über 1000 Meter Seehöhe.
»Freundliche Leser!« klingt wieder zu verpflichtend, vor allem, wo doch auch Presserezensenten das Buch in die Hände bekommen.
»Verehrungswürdige Leser!« gefällt mir sehr gut,

denn das läßt sich sehr gut ins Japanische übersetzen.

»An meine Leser!« möchte ich nicht schreiben, denn das klingt wie die Verkündung einer Kriegserklärung.

Sollten Sie eine geeignetere Formulierung finden, dann übermitteln Sie diese bitte in einem eingeschriebenen Brief an den Verlag. Je mehr solcher Briefe einlangen, desto sicherer können Sie sein, daß Sie keine Antwort mit der Anrede »Lieber Leser« erhalten.

Vorwort als Aufmunterung

Ich möchte die günstige Gelegenheit, für dieses Buch ein Vorwort zu verfassen, benützen, um damit eines Mannes zu gedenken, dem vor allem die Literaturkritiker, aber auch die Leser Unschätzbares zu verdanken haben und der vor nunmehr 543 Jahren auf die Welt kam, die uns von Buchmesse zu Buchmesse immer mehr Aufzulesen gibt: Caspar von Umbruch, der Erfinder des Umblätterns.
Seit seiner epochemachenden Erfindung liest sich alles viel flockiger und rascher.
So wird es Ihnen auch mit diesem Buch ergehen.
Seien Sie ohne Sorge und beginnen Sie unverzagt.

Was Österreich is

So klein auch der Staat Österreich ist, so verschiedenartig sind die Menschen, die darin leben.
Vom Bodensee zum Neusiedlersee erstrecken sich gar viele Höhen und Tiefen und dieses Auf und Ab kennzeichnet auch die Geschichte unseres Landes.
Nie würde ich mir erlauben, die einzelnen Bundesländer nach Charakter und Mentalität einzuordnen.
Nach Gründung der Republik wären jedenfalls die Vorarlberger lieber Schweizer geworden, was beweist, daß die Vorarlberger sehr viel vom Geld verstehen, denn welcher Österreicher, der viel vom Geld versteht, möchte heute nicht Schweizer sein, und jene, die sehr viel davon verstehen, sind Schweizer.
Die Tiroler haben sich äußerst unbedankt als Österreicher gegen die Franzosen geschlagen und sind deshalb mit Recht lieber Tiroler als Österreicher.
Die Salzburger wären gern Deutsche geworden. So wurde auf dem Salzburger Einigungsparteitag der Großdeutschen Volkspartei im Jahre 1920 beschlossen, daß »der unverrückbare Leitstern unse-

rer Außenpolitik der Anschluß Österreichs an das Deutsche Reich« ist und »das Judentum ein Fremdkörper ist«, weil »auf der Zerstörung der Volksgemeinschaft ist die Herrschaft des Judentums gegründet«. Im selben Jahr 1920 fanden die ersten »Salzburger Festspiele« statt (deren Gründer der Jude Max Reinhardt war). Die Festspiele sind bis heute das Renommee der Salzburger.

Viele Kärntner sind Deutsche aus Überzeugung und Österreicher, weil sich am 10. Oktober 1920 die Mehrheit der slowenischen Bevölkerung für Österreich entschieden hat, weshalb man auch heute wieder in Kärnten mit deutschnationalen Parolen Wahlstimmen gewinnen kann.

Die Steirer wären gerne steirische Bayern. Ihren nördlichen Parteifreunden möchten sie ständig beweisen, wie man's besser macht.

Die Oberösterreicher hingegen geben sich nicht wie Deutsche, sind jedoch hart im Geben und im Nehmen. Sie gaben uns den Braunauer, sie geben uns Österreichs wildesten Pornojäger und die größte Nachwuchshoffnung der Lefebvre-Anhänger, aber auch mit Stelzhammer den Dichter des schönsten österreichischen Heimatliedes. Und daß sie hart im Nehmen sind, wird jeder bestätigen, der einmal ihren Most getrunken hat.

Die Niederösterreicher sind die echtesten Österreicher, denn in ihrem Land wurde Österreich begründet, und dieses besteht aus vier Vierteln, genau so viel, wie angeblich der Durchschnittsniederösterreicher täglich an Wein konsumiert. Daß dieser Durchschnitt zahlenmäßig gehalten werden kann, dafür sorgen in erster Linie die niederösterreichischen Weinproduzenten. Wen wundert's, daß der solcherart getrübte Blick die klare Sicht auf den Weinskandal verhinderte.

Die Burgenländer sind die Ostfriesen Österreichs, zumindest was die Witze anlangt. Aber wenn der Vergleich stimmt, dann müssen die Ostfriesen besonders arbeitsame und gastfreundliche Menschen sein.

Folgende wahre Geschichte trug sich neulich in einer österreichischen Kleinstadt zu.

Wo, das sei hier schamhaft und gnädig verschwiegen.

In dieser Kleinstadt, die sich durch Kommunalbauten im berühmten Emmentaler-Stil und mit zehn Stockwerken das Antlitz einer Großstadt zu geben versucht, unternahm man alles, um diesen Weg in eine gesamteuropäische Zukunft fortzusetzen.

So wurde im Gemeinderat beschlossen, am Hauptplatz eine öffentliche Bedürfnisanstalt zu errichten. Das Votum war fast einstimmig, nur die Grünen waren dagegen, weil sie die Ansicht vertraten, der natürliche Dünger durch die Passanten sei für die öffentliche Grünfläche neben der Autobusstation lebenswichtig, und so starteten sie eine Volksabstimmung mit dem Aufruf: »Rettet unsere Wischelwiese!«

Ohne Rücksicht auf diese ökologischen Einwände wurde eine Ausschreibung veranstaltet.

Je ein Bauunternehmer aus dem Burgenland, aus Niederösterreich und aus Wien beteiligten sich daran.

Der Burgenländer kalkulierte eine Million Schilling.

Der Niederösterreicher zwei Millionen Schilling.

Und der Wiener drei Millionen Schilling.

Der zuständige Stadtrat ließ alle drei Bewerber zu sich kommen. Zuerst sprach er mit dem Billigstanbieter.

Der Burgenländer erklärte seine Kalkulation ganz einfach:

»I verlang eine Million, weil 500.000 brauch i fürs Material, und 500.000 kost de Arbeit!«

Der Niederösterreicher kam als nächster in das Büro des Stadtrats und meinte:

»Das kostet zwei Millionen, billigst berechnet. Eine Million kostet das Baumaterial und eine Million kostet die Arbeit.«

Als letzter kam der Wiener Baumeister und deponierte:

»Unter drei Mille ist der Bau nicht zu machen. Alles

andere wäre ja unseriös. Und unseriöse Geschäfte mach i net!«
Da erkundigte sich der Stadtrat:
»Ja, ja, dafür ist Ihre Firma bekannt. Aber können Sie mir sagen, wie Sie auf diese hohe Summe kommen, wie teilt sich das auf?«
Der Wiener Bauunternehmer holte die Kalkulation aus seiner Aktentasche und sagte:
»Also – die Kalkulation ist denkbar einfach erklärt. Drei Millionen ist der Fixpreis. Und das teilt sich so auf: Eine Mille kriegen Sie, eine Mille krieg ich, und um den Rest nehmen wir uns einen Burgenländler!«
Nachdem die Volksabstimmung der Grünen erstaunlich viele Unterschriften erzielte, beschloß der Gemeinderat, die Abwässer der zu errichtenden öffentlichen Bedürfnisanstalt mittels einer hypermodernen Kläranlage zur Düngung der Grünfläche zu nutzen.
Den Bauauftrag für den gesamten Komplex mit einem Kostenaufwand von sechs Millionen Schilling erhielt der Wiener Bauunternehmer. Die Bauausführung übernahm sein burgenländischer Kollege. Und damit wären wir bei den Wienern angelangt, deren Beliebtheit in den österreichischen Bundesländern wahrhaft unbeschreiblich ist. Leben doch, außer in Tirol, nirgends mehr Tiroler, außer in der Steiermark, nirgends mehr Steirer

usw. als in Wien. In dieser Stadt verlieren die Vorarlberger oder Salzburger zwar ihr Vorarlbergertum und ihr Salzburgersein, aber der wahre Charakter zeigt sich erst in Wien, hier erst werden sie das, was sie wirklich sind.

Auch vordem erwähnter Braunauer zeigte erst in Wien seine Anlage, die an ihm geschätzt wird: Erst unlängst erzielte auf einer Kunstauktion in Salt Lake City das Blatt mit der Bezeichnung »Die Akademie der Bildenden Künste von außen«, Sepiatusche, datiert 1912, monogrammiert A. H., 18.000 US-Dollar.

Immer wieder wird heutzutage beklagt, daß das Urwienertum ausgestorben sei. Lediglich in alten Gaststätten, Wirtshäusern, Beisln sei es noch zu finden.

Eine dieser Lokalitäten wurde 1988 an einen Handelsriesen verkauft. 55 mehr oder minder angesehene, mehr oder minder intellektuelle, mehr oder minder prominente Wiener inserierten daraufhin ganzseitig einen Appell an den Käufer, in dem es hieß:

»Kann es sein, daß Sie den Wienern nicht als erfolgreicher Geschäftsmann, sondern als Beisl-Killer gelten wollen? Wir mögen das nicht glauben. Deshalb appellieren wir an Sie, für diesmal Ihre geschäftlichen Interessen zurückzustellen. Mit dem Erwerb des Gasthauses haben Sie jetzt die Chance,

ein Alt-Wiener Lokal zu erhalten und es wie bisher weiterzuführen.«
Ich verstehe diesen flammenden Appell für das Alt-Wienerische. Auch ich bin mit diesem Alt-Wiener Lokal innig verbunden. Es ist zwar schon über ein Jahr her, daß ich dorthin eingeladen wurde, und ich weilte nur etwa 90 Minuten in seinen Alt-Wiener Mauern, aber der Geruch von verbrauchtem Fritieröl und wochenlang aufgewärmten Gulaschzwiebeln ist trotz mehrmaliger chemischer Reinigung nicht mehr aus meinem Nadelgestreiften zu vertreiben.
Ich habe diesen nunmehr Alt-Wiener Anzug an einen passionierten Hundefänger verkauft, der damit seinen Umsatz verdoppeln konnte. Aber, verehrte Bewunderer des Alt-Wienerischen, es gibt sie noch, diese echten Alt-Wiener Lokale, in denen Sie den echten Geruchsnervenkitzel überleben können. Bei den Recherchen für dieses Feuilleton entdeckte ich erst unlängst ein solches im Wiener Prater. So richtig Alt-Wien, vom Lokal über die Speisekarte bis zum Oberkellner, der dem Gast sogar aus dem Mantel hilft.
Am Nachbartisch saß ein ausländischer Gast und studierte die Köstlichkeiten der Speisekarte. Dann sagte er zum Ober:
»Bringen Sie mir so 'nen Schweinebraten, mit diesen Knödeln, ja!«

Doch der Kellner antwortete:
»Is leider nimmer da!«
»Aha. Dann bringen Sie mir so 'n Fiakergulasch!«
»Is leider nimmer da!«
»Ach! ... Na, gut, dann bringen Sie mir diese Zwetschenknödel!«
»Is leider nimmer da!«
»Was?!« Der Fremde sprang unmutig auf. »Dann bringen Sie mir meinen Mantel!«
»Is leider nimmer da!«
Das konnte dem Mann nur passieren, weil er kein Stammgast in diesem Lokal war. Stammgäste haben nämlich das Privileg, ihre Kleidungsstücke selbst und dort aufzuhängen, wo diese in Sicht- und nicht in Griffweite sind.
Ich bin übrigens Stammgast in einem Wirtshaus, das heißt »Steirereck«. Das einzig Steirische an dem Lokal sind die Wirtsleute. Da jedoch der Chefkoch Österreicher heißt und er als solcher der Beste ist, fühlt man sich dort auch als Wiener wie der Herrgott im Steirereck. Ein besonderer Vorzug des Lokals ist auch, daß es dort nur Stammtische gibt, weil jeder Gast zum Stammgast wird.
Stammtische sind ja keine österreichische Spezialität, die gibts ja auch anderswo, nur so wie bei uns gibt es sie nur bei uns. So lassen Sie mich noch eine berühmte Stammtischgeschichte erzählen.
Die Stammtischrunde im Gasthof Zapfenwirt war

wegen ihrer ausgelassenen Fröhlichkeit landesweit berüchtigt.
Und das, obwohl dort die honorigsten Bürger zusammenkamen.
Da war der Herr Bezirkshauptmann, der Herr Medizinalrat, der Herr Landtagsvizepräsident, der Herr Intendant, ja sogar der Herr Stadtpfarrer gehörte zur Stammrunde des Stammtisches im Gasthof Zapfenwirt.
Als aber eines Abends der Herr Stadtpfarrer in der Runde fehlte, er war von Bischof Weihrettich zu einem Trainingsseminar unter dem Thema »Wie wir uns die hl. Inquisition heute zunutze machen können« nach Völlerau beordert worden, entstand unter den Stammtischfreunden ein teuflischer Plan.
In der feuchtfröhlichen Runde tat sich nämlich einer als besonders klerusfeindlich hervor.
Es war der Stadtbaumeister Baldrian, der zwar seit 1938 gottgläubig war, aber außer Bacchus keinen duldete. Deshalb war er nach Mitternacht regelmäßig so besoffen, daß er von dem eigens dafür zum Zapfenwirt bestellten Maurerpolier Kugelgruber heimchauffiert werden mußte.
Als sich der Polier aber an jenem ominösen Abend einfand, bedeutete man ihm, daß sich der »Herr Chef« bereits persönlich nach Hause begeben habe.

Der Kummergewohnte nahm die Auskunft zur Kenntnis und verschwand.
Baldrian war aber noch nicht fort, die Freunde hatten ihn im Extrazimmer abgelegt, wo er steif wie ein Brett auf zwei Tischen lag und schnarchte.
Die Freunde zogen ihm seinen Steireranzug aus und eine alte Mönchskutte an. Der Herr Intendant hatte sie der bereits abgespielten »Tosca«-Ausstattung entnommen und der Stammtischrunde zur Verfügung gestellt.
Beschuht mit den Sandalen des Zapfenwirt-Kochs transportierte man die kostümierte Alkoholleiche Baldrian zu dem am Stadtrand befindlichen Stift der Pankrazier.
Dort legten sie ihn vor das große Tor, zogen an der uralten Glocke und fuhren feucht und fröhlich wieder zurück zum Stammtisch beim Zapfenwirt.
Es dauerte nicht lang, da sah der Bruder Pförtner durch das Guckloch den fremden Mönch vor dem Tor liegen und rief um Helfer. Eilig verfrachtete man das ausgewachsene Findelkind in das Stift, bettete ihn in eine Zelle und ließ ihn schlafen.
Am nächsten Morgen holte man den Abt, und dieser ließ Baldrian sanft wecken.
Baldrian schlug die Augen auf, sah die frommen Männer und schloß sie sofort wieder. Dabei murmelte er:
»Das ist aber ein scheußlicher Traum!«

Der Abt aber meinte würdevoll:
»Es ist kein Traum, mein Bruder.«
Baldrian öffnete wieder die Augen, und der Abt fragte:
»Wie heißt du denn, mein Bruder?«
Der Angesprochene war noch lang nicht nüchtern, aber er wußte die Antwort.
»Baldrian.«
»Holt ihm Baldrian, meine Brüder«, meinte ruhig der Abt und fragte weiter: »Von welchem Ort kommst du denn, mein Bruder?«
Baldrian antwortete mühevoll.
»Orden ... Landesorden, Verdienstorden, EK 1, Gfrierfleischorden ...«
Der Abt verstand nicht.
»Mein Bruder, denke ruhig nach. Woher kommst du zu uns?«
»Woher ich zu euch komme? ... Keine Ahnung ... keine Ahnung.«
»Denke nach, mein Sohn.«
»Ich hab wirklich keine Ahnung, das letzte, was mir einfallt, ist der Zapfen ... Mir tut mein Schädel weh!«
Begütigend meinte der Abt:
»Das ist der überreiche Genuß von Alkohol, mein Bruder. Ich kann verstehen, daß du dich nicht wohlfühlst. Aber du mußt uns schon helfen, damit wir erfahren, wer du bist.«

Baldrian nickte. Der Abt ergriff seine Hand und hielt sie fest.
»Wer bist du?«
»Baldrian.«
»Kommt gleich. Wer bist du? Denke scharf nach. Wer bist du?«
Baldrian schloß die schweren Lider und murmelte vor sich hin.
»Wer bin ich?
Was mach ich da bei die Pfaffen?
Wer bin ich?«
»Ja, wer bist du?«
Da kam Baldrian die Erleuchtung, und er sagte:
»Ich glaube, da gibts nur eines!
Sind Sie so gut und rufen Sie im Zapfenhof an und fragen Sie, ob der Baldrian am Stammtisch sitzt. Wenn der dort ist, weiß ich wirklich nicht, wer ich bin!«

Nachzutragen wäre, daß der Baldrian tatsächlich der Baldrian war und er durch diese Begegnung irgendwie geläutert wurde. Ja, in den folgenden Monaten ging der Stadtbaumeister Baldrian fast täglich im Stift der Pankrazier ein und aus. Er baute ihnen nämlich den Stiftsweinkeller um – auf Gegengeschäft.

Land der Laudas und der Bergers

Ronald Reagan, Präsident des amerikanischen Drittwagenbesitzer-Clubs, sagte unlängst auf einem Bankett in Detroit:
»Die Motorisierung darf man nicht so einseitig negativ sehen! Man bedenke doch den dadurch bewirkten Rückgang der Pferdediebstähle.«
Ein alter Bekannter von mir, Herr Siegmund Pointweber, hat sich mit seiner Frau in einem idyllischen Dorf nördlich von Linz ein schmuckes Fertigteil haus errichtet. Seine Meinung über die Motorisierungsexplosion gilt für Hunderttausende andere Kfz-Lenker in diesem Land:
»Ich muß meinen Dienst im Linzer Stadtzentrum um 8 Uhr morgens antreten. Dazu bin ich gezwungen, für die Fahrtstrecke von etwa 19 Kilometern eine ganze Stunde zu veranschlagen.
Warum? Weil jeder Idiot glaubt, unbedingt mit dem eigenen Auto in die Arbeit fahren zu müssen!
Dabei gibt es doch so wunderbare, bequeme Verkehrsverbindungen mit dem Bus oder mit der Bahn.
Aber nein, auch unser Nachbar, vor dessen Haus die Autobushaltestelle ist, der ist genauso blödsinnig wie

alle anderen, setzt sich ins eigene Auto und will direkt vor die Eingangstüre seiner Arbeitsstätte fahren.
Trottelhaft, so etwas!
Man kriegt ja sowieso keine Parkplätze mehr. Täglich brauche ich eine gute Viertelstunde zum Suchen.
Und glauben Sie ja nicht, daß es nur um 8 Uhr so ist, wenn ich fahre. Meine Frau beispielsweise braucht erst um 8.15 Uhr im Büro zu sein, also fährt sie zehn Minuten nach mir von zu Hause weg.
Und Sie werden es nicht fassen, sie hat jedesmal Mühe, pünktlich anzukommen.
Bitte, das geht auch nur, weil ich ihr Vorgesetzter bin.
Wo führt das hin, frage ich Sie, wenn jede Null schon ein eigenes Auto hat?!«
Herr Pointweber hat schon recht.
Welcher Autofahrer ärgert sich nicht über die vielen Autos, die einem unnötigerweise den Weg verstopfen?
Man müßte diesen Leuten ganz rigoros das Autofahren verbieten. Mit Recht tauchen immer mehr Bürgerinitiativen auf.
Mein Cousin Hugo beispielsweise, der wohnt in der Quapilstraße. Vor einem Jahr wurde nun im neuen Verkehrskonzept der Stadt verkündet, daß man die Quapilstraße zu einer dringend benötigten Ausfallstraße Richtung Westautobahn ausbauen möchte.

Da hat Hugo eine Bürgerinitiative gegründet.
Diese hat der Gemeindeverwaltung gedroht, daß die Öffentlichkeit mit einer Stadtguerillabewegung zu rechnen habe, sollte die Planung des Autobahnzubringers Quapilstraße nicht sofort gestoppt werden.
Hugos Privatinitiative hatte durchschlagenden Erfolg.
Jetzt wird die Hochleistungsstraße durch die dahinter liegende Kleingartensiedlung »Sonntagsglück« geführt.
Die ist vorwiegend von Rentnern und Pensionisten bewohnt, und diese eignen sich erfahrungsgemäß weniger als Guerilleros. Hugo findet die erzielte Lösung beispielhaft gut.
Denn erstens wird dadurch die Quapilstraße ruhiger, als sie bisher war, und zweitens fährt er in Zukunft durch die neue Sonntagsglückstraße schneller als je zuvor auf die Westautobahn.
Doch es wird Zeit, daß sich die Verantwortlichen um neue Perspektiven kümmern. Schließlich hat dieses Land einen Niki Lauda und einen Gerhard Berger hervorgebracht.
Um so furchtbarer saß der Schlag, der zu Beginn des Jahres 1988 alle österreichischen Motorsportfans traf:
Der Grand-Prix-Zirkus wird bis auf weiteres an der Alpenrepublik vorüberziehen.

Die Empörung war grenzenlos.
In einer deutschsprachigen Sendung des ORF-Radiosenders Ö3 mit der Tiptop-Moderatorin Vera Frey hörte ich eingeborene Zeltweger gar schrecklich Klage führen.
(Für Sportunkundige: In Zeltweg liegt Österreichs Grand-Prix-Rennstrecke und ein Fliegerhorst des Bundesheeres.)
Inzwischen plant der steirische Landeshauptmann Krainer eine geniale Rettungsaktion.
Demnach soll das Zentrum der Landeshauptstadt Graz zu einem Stadtfahrkurs à la Monaco ausgebaut werden.
Krainer: »A Spielcasino hamma a!«
Einwände des amtierenden Grazer Bürgermeisters sollen mit Putz und vor allem mit Stingl ausgeräumt werden.
Wieder Krainer: »Wer net dafür is, is dagegen, und wer dagegen is, is koa Steirer!«
Bernd Uhudler, engster Berater Krainers, gibt zu, daß so ein Grand-Prix-Kurs, ob jetzt in Zeltweg oder Graz, im Vergleich wesentlich mehr Lärm- und Schadstoffbelastung als die Draken-Abfangjäger des Bundesheeres verursache, deponiert jedoch, daß, solange Drakenstarts nicht im Beisein des Landeshauptmanns per Eurovision in die ganze Welt übertragen werden, diese für die Steiermark nicht zumutbar seien.

Küß die Hand, Herr Hofrat

Es gibt in vielen Ländern Hofschranzen, Hofgänger, Hoflieferanten, Hofmeister, Hofnarren und Hofhunde, aber nur in Österreich gibts den Hofrat.
Anno 1765 komponierte Wolfgang Amadeus seine ersten drei Symphonien, und die 1441 Räume des Schlosses Schönbrunn bekamen eine moderne Rokoko-Ausstattung.
Und im Zuge einer Verwaltungszentralisierung wurde der Beamtentitel Hofrat geboren.
1850 erläßt der junge Kaiser Franz Joseph I. zwar viele neue Gesetze, doch aus unerfindlichen Gründen schafft er den Titel Hofrat ab.
Als aber dann im Weltausstellungsjahr 1873 die Wiener Börse ihren »Schwarzen Freitag« erlebt, wird als Ausgleich der Hofrat wieder eingeführt.
1918 wird der Kaiser abgeschafft. Der Hofrat bleibt und damit die Ehrfurcht.
Diese wird noch bedeutend erweitert durch den Wirklichen Hofrat und den Vortragenden Hofrat.
Über die Schaffung der Titel Unwirklicher Hofrat und Nachtragender Hofrat wurden bis dato keine Beschlüsse gefaßt.

Strittig ist bis heute auch die Frage, ob der Leiter der musikalischen Abteilung des Hof- und Kammerarchivs den Titel Hofrat oder Kammersänger tragen soll. Der Titel Hofkammerrat wäre ja ebenso divergent wie Kammerhofrat.
Jedoch gibt es in Österreich sehr viele Kammerräte und auch noch einige Hofsänger.
»Deutschland ist ein Titelland«, bekundete Immanuel Kant, denn die deutschen Kaiser waren bis 1806 Österreicher.

Wie es zu der Sache »Küß die Hand, Herr Hofrat« gekommen ist, will ich Ihnen berichten:
Josef Bemmerl saß einige Jahre mit mir gemeinsam in einer Schulklasse. Meist saß er ganz vorne, in der ersten Reihe, dort, wo sich die Pädagogen ihre besten Zuchtobjekte hinsetzen. Josef Bemmerl war deshalb nicht unbeliebt bei seinen Schulkameraden, denn es gab nie eine Enttäuschung, wenn man von ihm abschrieb.
Er hatte es nur deshalb nicht gern, weil er der festen Überzeugung war, daß dies eine Unkorrektheit bedeutete, an der er nicht beteiligt sein wollte.
Außerhalb der Schule fiel er nicht weiter auf, er spielte ganz gut Fußball, war in den regelmäßig stattfindenden Wettrennen nach unseren Glökkerlpartien immer ganz vorne zu finden.
(Glöckerlpartien nannten sich jene aufregenden

Streifzüge durch Straßenzüge, wobei bei jedem Eingangstor die Hausglocke zum Bimmeln gebracht wurde.)

Und er galt als recht witziger Vogel, weshalb ich mich um so mehr wunderte, wenn er über die ödesten Witzeleien unseres Lehrers so ziemlich als einziger in der Klasse schallend lachte.

Durch einen Schulwechsel verlor ich ihn aus den Augen und erfuhr erst durch Schulkollegen, daß Josef Bemmerl seinen Dr. jur. gemacht hatte und als solcher, wie sein Vater auch, Beamter wurde.

Obwohl er nie einer der beiden großen Parteien oder deren Unterorganisationen angehörte, avancierte er im Laufe der Jahre vom Kommissär zum Oberkommissär und vom Rat sogar zum Oberrat.

Das blieb er dann jahrelang, und er galt bald als der fähigste Beamte seines Ressorts. Trotzdem wurde nicht er Ressortleiter und damit Hofrat, sondern ein unscheinbarer Beamter aus einer ganz anderen Fachgruppe, welcher notgedrungen und deshalb sehr gerne auch auf die kleinsten Ratschläge von Herrn Oberrat Bemmerl angewiesen war.

Der neue Ressortleiter und Hofrat entschuldigte sich bisweilen sogar bei seinem Mitarbeiter Bemmerl für seine Fachunkenntnis und begründete diese mit seiner totalen Inanspruchnahme durch seine unzähligen politischen Funktionen.

Josef Bemmerl überging diese Plädoyers regelmäßig mit der Flucht in Aktendetails.
So verging ein Jahr. Der neue Hofrat war zwar noch immer nicht eingearbeitet, aber er dankte Bemmerl durch eine unüberbietbare Dienstbeschreibung, die er ihm auch persönlich vorlas. Bemmerl wollte schon, wie üblich, zur Tagesordnung übergehen, da erhob sich der Hofrat hinter seinem Schreibtisch, legte seinem Mitarbeiter mit einer ritterlichen Geste die Hand auf die Schulter und meinte:
»Herr Kollege, es ist jammerschade, daß Sie es mit Ihrer Tüchtigkeit noch nicht weiter gebracht haben. Ich habe lange darüber nachgedacht, aber nun habe ich die Lösung für Sie gefunden! Ich werde meiner Partei vorschlagen, daß Sie in die Nachbarsektion versetzt werden, denn dort besteht in spätestens ein, zwei Jahren die Möglichkeit, daß Sie auf die Position des Hofrats Zapletal nachrükken, den wir eben in Frühpension schicken. Voraussetzung, lieber Herr Kollege, ist natürlich, hahaha, das werden Sie ja verstehen ... also Mitglied müssen Sie schon in der Partei werden! Aber das ist ja nur eine Formsache, nicht wahr?«
Josef Bemmerl war sichtlich von dem Vorschlag berührt.
Und da es sowieso schon knapp vor Dienstschluß war, sagte der Hofrat:

»Gehns doch heute ausnahmsweise früher nach Haus, Herr Kollege, trinken S' mit der Frau Gemahlin ein Flascherl Wein und besprechen Sie das halt mit ihr. Frauen wissen meistens, was in solchen Fällen das Richtige ist.
Und – machen Sie sich keine Sorgen, für Ihre jetzige Position haben wir schon jemand. Ein erstklassiger Mann. Einer der fähigsten Nachwuchskräfte der Partei.«
Josef Bemmerl ging, wie empfohlen, früher nach Hause, zum ersten Mal, seit er als Beamter Dienst machte.
Am nächsten Tag kam der Oberrat Bemmerl statt um 8 Uhr schon knapp nach 6 ins Amt. Zuerst wollte man ihn gar nicht einlassen, denn der Nachtportier hatte noch nie so früh einen Beamten kommen sehen. Doch Bemmerl ließ sich nicht aufhalten, er eilte in sein Büro und begann fieberhaft zu arbeiten.
Zuerst stellte er seinen Schreibtisch in die entfernteste Ecke seines geräumigen Büros, dann lief er wieder hinunter zu seinem Auto und schleppte eine riesige, unförmige Rolle hinauf, dann folgten einige Schachteln und Taschen, alles unter den mißtrauischen Blicken des Nachtportiers.
Fräulein Raunigg, seine Sekretärin, hörte den Oberrat, lange bevor sie mit der Post zu ihm ins Zimmer trat, lautstark rumoren und war schon sehr

gespannt, was denn da geschehe, aber die Wirklichkeit übertraf bei weitem ihre Phantasie.

Quer durch das Büro war ein roter Kokosläufer gerollt, er endete vor dem reich mit Plastikblumen geschmückten Porträt des Vorsitzenden der Regierungspartei. Davor kniete Josef Bemmerl.

Verwirrt wollte Fräulein Raunigg wieder das Büro verlassen, da sah sie, wie ihr der Chef mit der Hand einen Wink gab.

Unsicher näherte sich Fräulein Raunigg dem Herrn Oberrat.

»Knien Sie nieder«, hörte sie ihn flüstern.

Fräulein Raunigg hatte nicht gerade eine Mannequinfigur, was ja auch nicht in ihrem Dienstvertrag als Bedingung enthalten war. Sie konnte sehr schnell auf der Schreibmaschine schreiben und in Steno war sie hausinterne Rekordhalterin – aber in der Gymnastik tat sie sich sehr hart.

So mußte Oberrat Bemmerl noch einmal die Aufforderung »Knien Sie nieder« aussprechen, bis Fräulein Raunigg sich mühevollst niederließ. Sie hatte, nicht nur wegen der ungewohnten Turnübung, einen roten Kopf, auch Bemmerls nächste Forderung gab ihr zusätzlich Farbe. Fast unhörbar flüsterte er:

»Sagen Sie jetzt laut und deutlich zu mir: Küß die Hand, Herr Hofrat.«

»Wie bitte?«

»Sie sollen mich jetzt grüßen. Sagen Sie ›Küß die Hand, Herr Hofrat‹, das genügt.«
Stockend und ebenfalls flüsternd kam es aus Fräulein Rauniggs Mund:
»Küß die ... die Hand ... Herr Hof ... Hofrat.«
Bemmerl würdigte sie keines Blickes, als er wieder flüsterte:
»Ich habe darum gebeten, daß Sie es laut und deutlich sagen.«
Bemmerl hob nun den Kopf aus der Meditationsposition und wies damit auf das blumengeschmückte Porträt an der Wand.
»Er will es so«, hauchte er.
Fräulein Raunigg wich urplötzlich die ganze schöne rote Farbe aus dem Gesicht, und sie begann:
»Küß die ...«
»Lauter«, murmelte der Oberrat.
Fräulein Raunigg holte tief Luft und sagte nun laut und deutlich:
»Küß die Hand, Herr Hofrat!«
Zum ersten Mal an diesem denkwürdigen Vormittag sah sie nun Bemmerl an und antwortete ebenso laut:
»Grüß Gott, Fräulein Raunigg!«
Danach erhob sich der Oberrat, setzte sich hinter den in die Ecke gerückten Schreibtisch und sah, als wenn nichts geschehen wäre, mit Fräulein Raunigg die Post durch.

Als er den letzten Akt unterschrieben hatte und ihn seiner Sekretärin zurückgab, flüsterte er wieder: »Beim Hinausgehen grüßen Sie mich mit ›Küß die Hand, Herr Hofrat‹; aber sehr laut bitte.«
Fräulein Raunigg, die während des Routinevorgangs der Postsichtung ihre Fassung wieder gefunden hatte, erschrak aufs neue, aber sie grüßte bei der Türe mit »Küß die Hand, Herr Hofrat!« und bekam ein »Danke, Fräulein Raunigg!« zurück.
Der erste, dem die Sekretärin das soeben Erlebte erzählte, war auch der erste, dem sie begegnete.
Der Oberkommissär Hülsenbrand war einer der fähigsten Mitarbeiter Bemmerls, er wollte sich sogleich selbst ein Bild machen.
Er klopfte an die Türe von Bemmerls Büro, und ein ganz normales »Herein!« ertönte; er trat ein, bemerkte sofort die Veränderung in der Dekoration des Raumes und sagte wie immer: »Guten Tag, Herr Doktor!«
Bemmerl winkte den Oberkommissär Hülsenbrand zu sich heran und flüsterte:
»Grüßen Sie mich bitte mit ›Küß die Hand, Herr Hofrat‹!«
Hülsenbrand grüßte wie befohlen, wurde nach dem Grund seines Kommens gefragt und wieder zurück an die Arbeit geschickt. Wie ein Lauffeuer verbreitete sich die Kunde über das seltsame Verhalten des Oberrats im gesamten Regierungsge-

bäude. Auch der Vorgesetzte Bemmerls wurde unterrichtet, war aber im Gegensatz zu allen anderen keineswegs überrascht darüber, er kannte ja die Hintergründe.
Und so rief er in der Parteileitung an und teilte mit, daß alles bestens laufe.
Am nächsten Tag kam der Oberrat Bemmerl nur eine Stunde früher ins Amt, aber die Sekretärin fand ihn beim Eintreten wieder meditierend vor dem Porträt des Parteivorsitzenden, sie grüßte mit »Küß die Hand, Herr Hofrat!«, und alles lief in völliger Entspanntheit ab.
Gegen Mittag brachte ein Bürodiener ein verschlossenes Kuvert, in dem Bemmerl ein Beitrittsformular der Partei und einen beigehefteten Erlagschein fand.
Bemmerl entnahm dem Formular die Telefonnummer der Parteizentrale und führte mit dieser ein längeres Gespräch.
Am Nachmittag brachte ein Bote ein größeres Paket, und als am nächsten Morgen Fräulein Raunigg in das Büro des Oberrats trat, glaubte sie sich in die Wahlkampfleitung jener Partei versetzt, von der jene Plakate stammten, die nun sämtliche Wände des Büros bedeckten.
Rascher als vor zwei Tagen erfuhr Bemmerls Mentor von der Aktion und begab sich, etwas seltsam berührt, persönlich in das Büro seines Protegés.

Fräulein Raunigg sprang auf, eilte voraus und öffnete die Türe, dabei rief sie, wie sie es jetzt schon gewöhnt war, »Küß die Hand, Herr Hofrat!«, welchen Gruß der Hofrat auf sich bezog und ins Zimmer eintrat.

Er war noch ganz überwältigt von der geballten Werbung für seine Gesinnungsgemeinschaft, als er den Oberrat neben sich flüstern hörte:

»Herr Hofrat, grüßen Sie mich bitte mit ›Küß die Hand, Herr Hofrat‹, aber laut bitte.«

Der Hofrat fragte, nicht sehr laut, aber vernehmlich:

»Was ist los?«

Bemmerl stellte sich hinter seinen Vorgesetzten und flüsterte abermals:

»Sie sollen mich ganz laut mit ›Küß die Hand, Herr Hofrat‹ grüßen. Er will es so.«

»Wer will es so?«

Bemmerl hauchte: »Er will es so.« Und dabei wies er unauffällig in Richtung des abgelichteten Parteiobmannes. »Sonst wird er böse.«

Bemmerls Vorgesetzter schluckte einmal kräftig, dann sagte er:

»Mein lieber Herr Kollege, Sie scheinen sehr überarbeitet zu sein. Wollen Sie nicht ein paar Tage Urlaub machen?«

Der Oberrat protestierte:

»Aber, Herr Hofrat, jetzt wo wir dieses Großprojekt ... ich habe wirklich keine Zeit für Urlaub.«

»Na ja, gut, dann machen Sie halt weiter«, antwortete der Hofrat und verließ sehr rasch Bemmerls Büro.

Josef Bemmerl machte weiter.

Am nächsten Tag befestigte er am Fenster seines Arbeitszimmers eine riesige Parteifahne, am darauffolgenden Montag brachte Bemmerl in die Kantine einen Kassettenrecorder mit und spielte in höchster Lautstärke ein Band mit Parlamentsreden des Parteiobmanns, am Dienstag forderte der Sektionschef – er gehörte der anderen Fraktion an – eine schriftliche Erklärung, am Mittwoch verteilte Bemmerl in seiner Mittagspause vor dem Eingang zum Regierungsgebäude Parteiflugzettel, am Donnerstag küßte er dem Minister bei der monatlichen Routinesitzung die Schuhe, am Freitag wurde der Oberrat Bemmerl zwangspsychiatrisiert.

Der Universitätsprofessor erklärte nach der Visite, daß der Patient Dr. Bemmerl auf ihn einen durchaus vernünftigen Eindruck gemacht hätte, auffallend sei nur ein etwas übersteigertes Pflichtbewußtsein, und im übrigen fände er überhaupt nichts Negatives daran, daß sich jemand zu einer politischen Partei bekenne, noch dazu, wenn es sich um diese Partei handle.

Eine weitere Woche verging, in der Bemmerl zu

jedem, der ihm begegnete, laut und überdeutlich sagte: »Küß die Hand, Herr Hofrat!« Als er auf diese Weise auch den Minister vor der versammelten Beamtenschaft begrüßte, berief dieser eine Krisensitzung ein, in deren Verlauf festgestellt wurde, daß Bemmerl seinen dienstlichen Verpflichtungen äußerst genau nachkomme und seine »politischen Aktivitäten« nur nebenbei ausübe, es also keinen Grund für eine Entlassung gebe.

Daraufhin wurde er bis auf weiteres bei vollen Bezügen beurlaubt.

In dieser Zeit wurde das Beamtengesetz novelliert, und in der Folge wurde der Oberrat Dr. Josef Bemmerl auf Grund berufsbedingter, schwerer psychischer Störungen in die Frühpension geschickt.

Bemmerls Mentor erhielt darauf einen Brief von seinem Schützling. Auf engbeschriebenen Seiten stand nur in ununterbrochener Reihenfolge: Küß die Hand, Herr Hofrat, Küß die Hand, Herr Hofrat, Küß die Hand, Herr Hofrat ...

Der Hofrat schickte das Schreiben an jenen Universitätsprofessor, der Bemmerl seinerzeit untersucht hatte.

Dieser legte es im Universitätsforschungsarchiv ab.

Der Zufall und ein gutes Reisebüro wollten es, daß ich letzten Sommer auf der kleinen griechischen Insel an einem schmucken Ferienhäuschen vorbei-

spazierte, in einem Liegestuhl sonnte sich mein alter Schulfreund Josef Bemmerl ... Wir begrüßten uns herzlich. Bemmerl erzählte mir, daß er seit seiner Pensionierung hier lebt und er es sich gar nicht schöner vorstellen kann. Nach der dritten Flasche Rotwein erlaubte ich mir, ihn zu fragen, ob er denn hier keine Probleme mit, na ja, mit diesem komischen »Küß die Hand, Herr Hofrat« habe.
Darauf meinte Bemmerl gemütlich:
»Nein, hier habe ich keine Probleme mit Hofräten.
Hier gibts nämlich keine.
Hier gibts nur Sonne, Wasser, gute Luft, nette Einheimische, einen guten Wein und eine kleine Bank, von der ich mir einmal im Monat meine Pension abhole!«

Der Hausmeister

Der Begründer Wiens war ein Hausmeister. Er verscheuchte durch sein greuliches Aussehen die wilden Tiere, bezog eine Höhle im Souterrain des Kastenbergs und verlangte von dem nächsten, der hereinwollte, zehn Kreuzer.

Diese Definition stammt von Alfred Polgar und kam mir wieder in den Sinn, nachdem ich meinen Schulfreund Ewald Krampl wiedergefunden hatte. Jahrelang hatten wir einander nicht zu Gesicht bekommen. Ich wußte nur von ihm, daß er das ererbte Gut seiner Väter erworben hatte und dadurch besaß.

Sein erster Vater war der zweite Mann seiner Mutter und hinterließ eine große Fabrik. Sein zweiter Vater war Mutters dritter Mann. Die Affinität desselben mit dem Film dieses Namens war zwar zufällig, aber durchaus treffend. Denn dieser dritte Mann hieß Harry und ging Ewalds Mutter auf den Lime.

Er hatte das Geld, mit dem die Fabrik aus deutschem Eigentum wieder in österreichisches Eigentum verwandelt wurde.

Ewald Krampl war also nicht nur seit Jahren Besitzer obenerwähnter Fabrik, sondern auch eines Burgtheaterabonnements, wodurch ich neulich neben ihm zu sitzen kam. Meine Karte war von Tante Hilde. Sie kann sehr bösartig sein. Und so schenkt sie mir ab und zu ihre Burgtheater-Eintrittskarte.

Ich hatte eine Aufnahme im Fernsehstudio, die sich ungeplant, aber erwartet verzögerte, und so führte mich der Platzanweiser in die Loge, als das Licht schon erloschen war.

Erst allmählich, durch die Geräusche, die von der Bühne her an mein Ohr drangen, wurde mir bewußt, daß die Vorstellung schon lief. Langsam gewöhnte ich mich an die diffusen Lichtverhältnisse und konnte sogar die eine oder andere Figur wahrnehmen. Ich zählte sieben Männer in Jiu-Jitsu-Kampfanzügen, einen barfüßigen Herrn in Frack und Zylinder, zwei Liliputaner in SA-Uniformen, einen Flugkapitän und eine nackte Negerin.

Daran kann ich mich erinnern, und an die Musik, die war das lauteste, denn sie wurde von sechs Elektrogitarren dargebracht. Der junge Mann in der Nachbarloge, der seine Beine über die Brüstung baumeln ließ, meinte, so eine Aufführung von Schillers Don Carlos habe er noch nie erlebt.

Ich gestehe, ich auch nicht.

In der Pause erkannte mich der neben mir sitzende Ewald Krampl, stellte mich seiner vielfach hochkarätigen Gattin vor, beteuerte, wie sehr ihm der Inszenierungsstil von Hilmar Quakenbusch gefalle, und lud mich für den Sonntagvormittag auf einen Plausch in sein Stammcafé ein.

Sonntagvormittage sind mir eigentlich heilig, denn da pflege ich auf Familie zu machen. Da aber meine Familie an diesem Sonntag einen Besuch bei Tante Hilde vereinbart hatte, wurde aus dem Plausch ein ganz wichtiger Geschäftstermin.

Außerdem, man konnte ja wirklich nicht wissen. Da ich mein Brot auch damit verdiene, daß ich bei Industriejubiläen und Firmenkränzchen die Gäste unterhalte, war ja diese Möglichkeit auch im Kramplschen Imperium gegeben.

Also trafen wir einander in dem angegebenen Café, das eigentlich kein Café war, denn die anwesenden Gäste tranken ausschließlich Champagner.

Es war mir durchaus nicht unangenehm, daß Ewald und ich diese Usance nicht unterbrachen.

Bald erzählte mir mein alter Freund von glänzend frisierten Bilanzen und ebensolchen jungen Damen, die er in diesem Lokal stets zu treffen pflegte.

Nach dem sechsten oder achten Glas Champagner erklärte er mir den gynäkologischen Unterschied zwischen Siamesinnen und Japanerinnen, als die miniberockte, langbeinige Servierkraft seine Ausführungen unterbrach:

»Herr Kommerzialrat, ein Herr Weißenegger möchte Sie gerne sprechen.«
»Ah, der Weißenegger. Das ist gut. Sagen Sie ihm, er soll sich zu uns hersetzen.«
Gleich darauf erschien vor uns ein riesiger Kerl, dessen Gesichtszüge mich sofort an Frankensteins Monster erinnerten. Ewald wollte auch für den Hünen Champagner bestellen, was dieser aber mit der Begründung ablehnte, daß Alkohol nicht in sein Trainingsprogramm passe.
»Gut«, meinte mein Freund Ewald, »Herr Weißenegger, Sie sind mir empfohlen worden, und ich möchte Ihre Eignung testen.«
Ewald zeigte an einer traurigen Zimmerpalme vorbei durch das offene Fenster auf die sommerliche Straße.
»Sehen Sie die Parkverbotstafel?«
Der Riese nickte sehr kräftig mit seinem voluminösen Haupt.
»Und sehen Sie auch die daran befestigte Zeitungstasche?«
Der Riese nickte abermals.
»Um die gehts«, sagte Ewald und bestellte wieder Champagner. War ich bisher eher uninteressiert den Ausführungen Ewalds gefolgt, stieg plötzlich meine Aufmerksamkeit.
Was war mit der Zeitungstasche? Sonntags ist es bei uns üblich, daß man sich die Tageszeitung aus

einem öffentlich ausgehängten Plastikbehälter holt, dafür hat man den vorgeschriebenen Betrag in eine Metallbüchse zu werfen, was angeblich fast niemand macht, trotzdem gehen die Zeitungen nicht zugrunde.

»Hören Sie zu, Herr Weißenegger, Sie passen jetzt auf, daß jeder, der sich eine Zeitung herausnimmt, auch wirklich die sieben Schilling in den Schlitz wirft. Verstanden?!«

»Ja, klar, Herr Chef!« kam beunruhigend sicher die beruhigende Antwort.

»Na, dann zeigen Sie einmal, daß ich mich auf Sie verlassen kann. Sie glauben ja nicht, wieviel gestohlen wird.«

Der Hüne grinste wie der Henker von Paris und beteuerte:

»Owa, Herr Chef, des is do fir mi a Lappalie!«

»Na, ich bin neugierig. Vergessen Sie nicht, daß die Leute immer gefinkelter werden.«

»Herr Chef! Auf mi kennans Ihna verlassen! Da fahrt die Eisenbahn driba!«

Das Monster erhob sich zu seiner schreckenerregenden Größe und verließ das Lokal.

Ewald nahm sein frischgefülltes Glas und stieß mit mir an.

»Auf ein gutes Gelingen!«

Meine Irritation verflüchtigte sich mit meiner Annahme, daß der Ewald Krampl höchstwahrscheinlich Mitaktionär jenes Zeitungsverlages ist, dessen Produkt er soeben observieren ließ. Etwas später sahen wir durch das Fenster, wie sich ein Herr mittleren Alters und in einem hellen Sommeranzug dem Zeitungsselbstbedienungsstand näherte.

Er hob die Klappe des Zeitungsbehälters und griff nach einem Exemplar der Sonntagsausgabe.

Da wurde er auch schon am Arm zurückgerissen, sah sich plötzlich Frankensteins Monster gegenüber, das ganz ruhig zu ihm sagte:

»Jetzt hab i di, du Fetzenschädel!«

»Wie? Was? Meinen Sie mich?!«

»Na, wem denn sunst, du Ruabnzuzler! Schau net so deppert, sonst prack i da ane!«

Der Herr im Sommeranzug gehörte anscheinend zu den Furchtlosen unter uns, denn er löste sich aus der Hand des Hünen und griff wieder nach einer Zeitung.

Das hätte er nicht wagen sollen, denn im gleichen Moment griff die suppentellergroße Hand Weißeneggers nach dem Kragen des Sommeranzugs, worauf dieser samt Inhalt äußerst kunstvoll, wie ich neidvoll beobachtete, einen doppelten Salto mortale rückwärts vollführte und mit einem weit vernehmlichen dumpfen Plumpser gegen die Hecktüre des wie üblich im Parkverbot parkenden PKWs des Lokalbesitzers prallte.

»Schleich di, du Häuslratz, und untersteh di net no amoi, eine Zeitung zu fladern!«

Der helle Sommeranzug rappelte sich auf und rief empört:

»Das ist ja ein Wahnsinn! Wie können Sie mir so etwas unterstellen?! Ich will mir meine Zeitung kaufen ...!«

»Was heißt, dei Zeitung, du Obezahrer?! Bevorst net zahlt hast, is des net dei Zeitung, du Nebochant!«

»Erlauben Sie!«

»Gar nix erlaub i dir, du Oarsch!«

Das Monster bewegte sich wie ein Panzer auf den Herrn im jetzt nicht mehr so hellen Sommeranzug zu.

»Verdruck di, du Wanzen! Deine Ansaschmäh hob i scho lang vergessen!«

Der Herr wich nur unmerklich zurück und untermauerte seine Standfestigkeit mit der Drohung:

»Jetzt hole ich die Polizei!«

»Kusch, du Trottel! I bin selber die Polizei!«

Als der Mann hörte, daß er es hier mit der Polizei zu tun habe, bekam er es mit der Angst zu tun und lief davon.

Begeistert sagte ich zu meinem Freund Ewald:

»Ich gratuliere dir! Das hat abschreckende Wirkung! Wenn du den Mann einsetzt, stiehlt dir kein Mensch mehr deine Zeitungen!«

»Wieso meine Zeitungen?«

»Ja, bist du nicht an dem Zeitungsverlag beteiligt, und darum ...«
Ewald verstand meine Frage nicht, er eilte nach draußen, gab dem Monster seine Visitenkarte und erklärte ihn für engagiert.
Wieder zurückgekommen, orderte er weiteren Champagner und erklärte freudestrahlend:
»Weißt, ich suche schon so lange einen Hausmeister für meine Villa. Die liegt nämlich ganz einsam am Waldrand, und da wurde mir schon zweimal eingebrochen. Da brauch ich so einen Kerl, der gleich richtig zupacken kann. Und der kann es, das hat er bewiesen!«
Die Einladung Ewalds, ihn doch am kommenden Wochenende mit Familie zu besuchen, habe ich sofort mit einer Ausrede abgelehnt. Ich habe mich nämlich schon als Bübchen klein in Frankenstein-Filmen gar schrecklich gefürchtet.
Da besuche ich lieber die Tante Hilde.

Fett mach mit

Es ist Ihnen sicher auch schon aufgefallen, regelmäßig vor dem Sommer tauchen in den diversen Intelligenzblättern neue, garantiert wunderwirkende Superschlankheitskuren auf.

Dieses Bemühen wäre ja an und Pfirsich sehr löblich, wenn es sich um Obstdiäten handelte. Denn ich liebe Obst. Doch sind die dadurch erzielten Erfolge nicht sehr groß.

Kartoffel-Diät, Brot-Diät, die Fisch-, die Nudel-, die Reis-Diät und die Schroth-Kur. Ich habe sie alle schon durchprobiert – und sehen Sie mich an.

Dabei habe ich äckerweise Erdäpfel und Kartoffeln in mich hineingemampft. Als Erdäpfelsalat und Kartoffelsalat (der Unterschied ist nur mit chauvinistischen Argumenten erklärbar), als Erdäpfelschmarrn und Kartoffelpüree, als einbrennte Erdäpfel und natürlich als Pommes frites und Pommes Chips.

Nix war.

Und die Brot-Diät?

Ich habe Brot verzehrt als Butterbrot, Schmalzbrot,

Wurstbrot, Speckbrot, Käsebrot, belegtes Brot, Smørrebrød, ja selbst als Brotsuppe.
Ich kann Ihnen sagen: ein hartes Brot so eine Brot-Diät.
Aber mir wird direkt übel, wenn ich an die Fisch-Diät denke. Heute begleitet mich noch das Parfum von gebackenen Fischstäbchen. Aber damals, als ich mich der Fisch-Diät ergeben habe, damals litt ich bereits unter Kommunikationsstörungen. Passanten sind vor mir auf die andere Straßenseite geflüchtet, unsere Freunde fielen von uns ab, nur ein Urologe unter ihnen wollte unsere Beziehung intensivieren.
Und die Nudel-Diät?
Die wurde angeblich von der Sophia Loren erfunden. Aber selbst nach zwei Monaten konzentrierten Spaghettigenusses konnte man keine Ähnlichkeit zwischen mir und Sophia feststellen.
Von der Reis-Diät möchte ich gar nicht reden. Die habe ich nicht einmal bei mir behalten. Auf Schritt und Tritt habe ich Reis verloren, so viel habe ich in mich hineingestopft. Jetzt verstehe ich auch endlich, was unter dem Ausspruch »Mir geht der Reis« zu verstehen ist.
Die Schroth-Kur?
Die habe ich nur drei Tage ausgehalten. Dann habe ich das Diät-Rezept meinem Freund Ernst H. geschenkt. Der ist Jäger.

Mir waren die Kugeln zu schwer.
Nun naht der Herbst, und ich habe einen größeren Bauch als vor dem Sommer, denn da habe ich neben den Kartoffeln, dem Brot, den Nudeln, den Fischen und dem Reis auch sehr viel Wut drinnen.
Deshalb heißt meine neue Devise: Fett mach mit!
Das ist eine urösterreichische Diät. Soll ich Ihnen das Rezept verraten?
Bitte!
Essen Sie Ihr erstes Frühstück am besten liegend im Bett. Das ist zwar etwas unbequem, aber wirksam.
Bleiben Sie ganz ruhig.
Die einzige Tätigkeit, die flinkes Handeln verlangt, ist das Essen selbst.
Langsam kauen schadet der Diät und wirkt außerdem versnobt.
Beißen Sie nur ganz große Stücke ab und schlukken Sie die möglichst unzerkaut. Dadurch sind Sie mit der Mahlzeit schneller fertig und können bereits mit der nächsten beginnen.
Beim Breakfest dürfen Sie den Break ohne weiteres weglassen. Wichtig ist nur, daß es ein Fest wird. Dazu nehme man für den Morgenkaffee nur reines dickflüssiges Schlagobers (zum Schlagobers kann man auch Schlagsahne sagen, wichtig ist, wie ich am Ende ausführen werde, nur der Schlag). Die Mischung muß lauten: eine halbe Tasse Schlag und eine schwache Tasse Kaffee. Diejenigen unter

Ihnen, welche schneller mit der Diät vorwärtskommen möchten, geben sich einige Flocken Butter in den Frühstückskaffee. Das ist ein tibetischer Trick. Dazu ißt man Weißbrot aller Sorten, natürlich dick bestrichen und belegt.
Zum Gabelfrühstück, das ist die für uns Österreicher so wichtige Zwischenmahlzeit am Vormittag, ist alles erlaubt, was den Magen belastet. Dazu haben wir ihn ja.
Für das Mittagessen gilt der traditionelle österreichische Grundsatz: Es muß nicht das Beste sein, aber dafür zuviel.
Die Wiener Jause, in Westösterreich auch Vesperbrot genannt, ist einzig und allein nur den Kuchen, Keksen und Torten gewidmet. Dazu benötigt der Mensch unbedingt geschlagenes Schlagobers oder geschlagene Schlagsahne.
Die wichtigste Mahlzeit des Tages ist und bläht nun einmal das späte Abendessen (fälschlicherweise in Ostösterreich auch Nachtmahl genannt, denn Nacht ist es ja erst, wenn es dunkel ist, und richtig dunkel ist es erst, wenn wir die Augen zum Schlafen schließen).
Das drückt ausgezeichnet auf den Kreislauf, und man schlafft so richtig weg. Alkohol ist hier geradezu lebensnotwendig, denn dieser regt an und ermüdet zugleich, was ja für einen labilen Blutdruck sehr wichtig ist.

Für die nächtliche Mahlzeit, also das Nachtmahl, sollte der Kühlschrank immer so prall gefüllt sein, wie Sie werden wollen. Vergessen Sie nicht, den ganzen Tag über ständig zu naschen. Konfekt, Schokolade, Kekse. Besonders empfehlenswert sind die ganz harten sauren Drops. Die müssen Sie aber zerbeißen. Denken Sie, je mehr Drops Sie zerbeißen, desto schneller werden Sie Ihre Zähne los, und wenn Sie erst einmal Ihre Zähne los sind, brauchen Sie sich nicht mehr so mit dem Beißen anzustrengen. Übertriebenes Beißen ist nicht nur sehr kräfteraubend, sondern auch verdauungsfördernd, und das ist ja sehr schlecht.

Deshalb essen Sie! Schlemmen Sie! Schmatzen Sie! Mampfen Sie und pampfen Sie!

Dadurch ersparen Sie sich jegliche erfolglose Abmagerungsdiät.

Lachen Sie sie aus, diese Schlankheitsapostel.

Denken Sie daran, wieviel Geld in die Dritte Welt geschickt wird, um den Hungernden die Mäuler zu stopfen. Wie würden die essen, wenn sie könnten. Und wir können und tun es nicht?

Nein, futtern Sie sich weiter Kilo um Kilo hinauf und bleiben Sie standfest!

Denn ein voller Sack fällt nicht um.

Außer er wird vom Schlag getroffen.

Vom alten Wien zum neuen Wein

Wie man in der Kaiserstadt fremdgeführt werden kann

Ja, ich warte hier auf Sie!
Ich halte nur meinen Schirm in die Höhe! Sie brauchen nur auf meinen Schirm zu schauen! Wo der Schirm ist, da ist Ihr Fremdenführer, meine Damen und Herren!
Alles o. k.!

Na, endlich.
Jetzt sind sie hineingegangen. Jetzt habe ich ein bißl eine Ruh von ihnen.
Ich sag Ihnen, ein Fremdenführer sein ist kein Vergnügen. Aber bitte, ich geb es zu, ich führe lieber Fremde als Einheimische.
Den Fremden kann man alles erzählen, was man so weiß.
Die Österreicher aber, die solche Rundreisen machen, die sind unangenehm. Da sind immer welche drunter, die wollen gescheiter sein als ich.
Gut, kann man sagen, das ist keine Kunst.

Aber ich gebe zu bedenken, ich habe mich sehr gebildet für diesen Job.
Ich habe sogar Fremdsprachen gelernt, na, das Wichtigste halt, was man so braucht.
Auch Russisch.
Doswi Tanja, das heißt zum Beispiel: Guten Tag, Tanja!
Ruski saprali heißt: Was wollen Sie einkaufen?
Nepponemai, das heißt: Im Mai ist bei uns alles zu teuer!
Oder Spanisch.
Adios, das heißt: Auf Wiederschaun.
Amigos, das sind die Südamerikaner.
Aber Spanisch ist eigentlich ein wenig anders als Italienisch. Grazie tante heißt beispielsweise: In Graz hab ich eine Tante.
Tutti avanti heißt: Brust heraus.
Bona sera heißt: Guten Abend.
Was »Guten Tag« heißt, das weiß ich leider nicht.
Ich hab nur einen Abendkurs besucht.
Aber bitte, das genügt ja auch. Verständigen kann ich mich, wenn ich nach Italien fahre.
Die Italiener verstehen nämlich sehr gut Deutsch.
Wenn man da sagt: Coca-Cola, Pommes frites oder Ketchup, das verstehen die alle da unten.
Voriges Jahr war ich mit meiner Frau in den Abruzzen.
Nein, das ist nichts Ordinäres.

Das ist eine Gegend in Italien.
Billiges Angebot, aber wir haben nicht gewußt, daß dort kein Meer ist.
Dafür war's gebirgig und sehr fad.
Wir sind den ganzen Tag am Swimmingpool gelegen und haben uns einen Sonnenbrand um den anderen geholt.
Am Abend sind wir dann ins Hotel hineingegangen und haben den Holländern beim Essen zugehört.
Mehr war nicht los.
Abgesehen von Spaghettiessen.
Das muß man auch erst lernen.
Ich sag Ihnen, wie ich das erste Mal unten war, da hab ich mich sehr geplagt mit den Nudeln. Nach dem Essen hab ich ausgeschaut wie eine moderne Malerei.
Wie ein Schüttbild von dem Nitsch.
Dann hab ich das schon gelernt.
Bis sich leider eines Tages so eine lange Nudel um meinen Sakkoknopf gewickelt hat.
Ich hab so angesogen – aber das war wie ein Gummibandl.
Auf einmal hat es pffft gemacht, und der Knopf ist einer Holländerin vis-à-vis in die Suppa Perversler hineingesprungen. Die hat das gar nicht gemerkt.
Na ja, die Holländer sind daheim ganz andere Sachen zum Essen gewöhnt.
Aber ich hab sie gerne, diese italienischen Nudeln.

Mit sehr viel Parmetschan drauf. Ich leere mir immer das ganze Schüsserl drüber. Ich steh auf den Fromatscho.

Meine Frau sagt immer: Fromatscho für den Matscho!

Dann hab ich Lokalverbot bekommen, weil denen ist der Käs ausgegangen.

Mein Kollege, der als Reiseleiter die ganze Welt kennt, hat gesagt, ich soll halt einmal Urlaub in England machen, dort bekommt man nur Käse serviert.

Trotzdem, wie wir jetzt da in den Abruzzen waren, da hab ich so viele Nudeln gegessen, daß ich einen Tennisarm bekommen habe, vom Wickeln.

Die beste Pasta Schutta hab ich damals gegessen in Tschesolo.

Da war im Sommer die Nichte von meiner Frau.

Also, was uns die erzählt hat.

Der sind auf d'Nacht alle Papagallo nachgrennt.

Bevor die noch sagen hat können, daß sie nicht das ist, für was die sie halten, war sie's schon.

Also diese Algen, die sind jetzt wirklich eine Plage in der Adria. Ich versteh nicht, daß die nichts dagegen unternehmen. Also, ich hab da neulich mit dem Hausmeister vom Grand Hotel geredet, der hat gesagt, er gibt in das Wasser von der Hotelschwimmhalle so viel Chemikalien hinein, daß er keine einzige Alge drinnen hat.

Warum können die das an der Adria nicht auch machen?
Wahrscheinlich wollen sie kein Geld ausgeben, da unten.
Heuer sind wir zu Hause geblieben, ich und meine Frau, und haben jedem Menschen ohne Grund ein Trinkgeld gegeben. Auf die Art haben wir uns auch ein Urlaubsgefühl verschafft.
Außerdem haben wir zu Hause bleiben müssen, wegen dem Papagei von meiner Schwiemu.
Meine Schwiegermutter hat nämlich einen Vogel. Einen Riesen-Papagei. Ein bissiges Luder, sag ich Ihnen. Aber meine Schwiemu hat müssen auf Kur fahren, so haben wir müssen auf den Papagei ...
Oje, meine Reisegruppe kommt schon wieder heraus aus der Kapelle. Ich muß meinen Schirm hinaufgeben.
Aber was!
Hat eh der von dem ungarischen Autobus den Schirm oben.
Sollens bei ihm mitgehen.
Sind eh alles nur Schotten. Nepochantische Geizkragen.
Ich kenne ja die Leute sofort.
Kein Wunder, ich hab sie ja den ganzen Tag, die Agraseln!
Am Morgen hole ich sie vom Hotel ab, nach dem Frühstück.

Da seh ich sofort, wo's langgeht.
Wenn es Leute sind, die sich die Semmeln, die Butter und die Marmelade in die Säcke füllen, brauch ich mit keinem Trinkgeld rechnen.
Wenn es aber Leute sind, die auch Messer, Gabeln und Aschenbecher eingesteckt haben, dann muß ich mir meine Brieftasche einnähen.
Diese Touristen lassen ja alles mitgehen. Überall, in jedem Museum, was sie erwischen können.
Bei den Ansichtskarten fangen sie an, und bei den Büchern in unserer Nationalbibliothek wollen sie weitermachen.
Nur in den Katakomben lassen sie alles liegen.
Da fürchten sie sich.
Besonders die Frauen.
Ich mache gern Führungen in den Katakomben, mit Frauen oder jungen Mädchen.
Die drücken sich dann immer ganz fest an mich, weil sie Angst haben.
Ich helfe da gern ein bißchen nach.
Wenn wir dann so bei die Gerippe sind, dann mach ich immer so einen Wind nach, ffffffffff ...!
Da zitterns.
Also, wie sie damals die Museums zugesperrt haben, da habe ich mich sehr geärgert.
Denn für einen Fremdenführer gibt es nichts Praktischeres als so ein großes Museum.

Ich führ die Fremden dann oft in ein ganz entlegenes Winkerl – und verschwinde.
Meistens brauchen die einen halben Tag, bis die wieder herausfinden.
Praktisch. Einstweilen hab ich Ruh.
Manchmal mach ich derweilen einen kleinen Pfusch und fahre mit einem Autobus mit, als Rundfahrterklärer.
Die Leut haben ja keine Ahnung, die verwechseln alles.
Unlängst fahren wir bei der Staatsoper vorbei, zeigt ein Ami auf die Oper und sagt »Mahler«!
Nein, sag ich, die Maler sind im Kunsthistorischen, das ist weiter vorne. Da hat er ganz erstaunt geschaut.
Gestern fragt mich ein Japaner, der Wievielte heute ist.
Sag ich, der Zehnte.
Drauf sagt er ganz glücklich: Oh, dann ich sein jetzt in Wien!
Man erlebt schon was mit den Touristen.
Am Anfang hab ich mich ja noch bemüht, aber das verliert man.
Früher habe ich alles erklärt.
Die Maria Theresia war die Mutter vom Prinz Eugen, und der ist im Belvedere zur Welt gekommen, und die Karlskirche hat sich der Mann von der Zita bauen lassen, und für den Doppeladler hat

der Kaiser Franz Joseph den Schönbrunner Tiergarten aufstellen lassen und halt andere historische Sachen ...
Die Deutschen kennen sich wieder nicht aus beim Essen. Denen muß man wieder erklären, was ein Tafelspitz ist. Dabei ist das eh so einfach! Aber da kommen Leute aus Frankfurt, und die wissen nicht, was Frankfurter sind.
Also gut, das kann man erklären.
Aber versuchen Sie einmal einem Japaner zu erklären, was eine Blunzen ist.
Dabei sind sie ja nicht unintelligent, die Ameisen. Ich sag immer Ameisen zu die Japsen, weil's so viele sind.
Haben Sie gewußt, daß die dort überhaupt keine Schrift haben, in Japan. Die haben nur so gekrixelte Zeichen.
Trotzdem können die sehr viel bei uns lesen, Toyota, Fuji ...
Na, wo bleiben die jetzt, meine Leut?
Ich muß sie nämlich schon wieder in Empfang nehmen.
So eine Stadtrundfahrt endet immer beim Heurigen. Beim neuen Wein, wie die Deutschen sagen.
Also beim Heurigen, da gefällt es allen, ganz gleich, von wo die kommen.
Dort trinken sie dann vier, fünf Viertel Wein, wie Wasser.

Dann brauchen wir sie nur mehr nachher zum Autobus hinaustragen. Vollfett, also ich meine, im Öl, im totalen Rauschzustand. Ich habe ja schon bei der Firma, für die ich also diesen Fremdenführer mache, da habe ich den Vorschlag gemacht, man sollte gleich am Morgen nach dem Frühstück mit den Touristen zum Heurigen fahren. Dann hätten wir den ganzen Tag Ruhe von ihnen. Aber diese Idee hat man nicht aufgegriffen.
Aber vielleicht ist das etwas für den Krepenitschek, der ist ein Kollege von mir, der hat sich nämlich selbständig gemacht. Er hat sich einen Kleinbus gekauft und fahrt damit herum.
Habe ich ihn gefragt: Wie viele Leute können da drinnen bequem sitzen? Hat er gesagt: Bequem gar keiner.
Aber er macht sowieso nur so Alternativ-Rundfahrten, für Leute, die es extrem haben wollen.
Diese Sightseeing-Tour beginnt in der Früh bei der städtischen Kläranlage, dann folgt ein Ausflug nach Zwentendorf zu unserer Atomruine, dann folgt eine Besichtigung der Müllverbrennungsanlage Flötzersteig, dann wird die Frau Frauenstaatssekretärin besucht, die man auch fotografieren darf, Mittagessen gibts dann im Restaurant »Dirty Chinese«, zur Verdauung wird dann das neue AKH besichtigt, sodann folgt ein vierstündiges Stau-Erlebnis auf der Südosttangente, worauf der Abend entweder in

der Diskothek »U-Fünf« oder bei einer öffentlichen Aufzeichnung des »Musikantenstadls« beschlossen wird.
Ah, meine Gruppe kommt schon zurück!
Ich muß ihnen zeigen, wo ich bin.
Huuuuhhhh!
Ja, ja!
Ein Augenblickchen noch! Sehen Sie sich noch ein wenig um! Heute abend gehts zum neuen Wein!
Da lachens. Zum Heurigen wollen alle.
Wenn ich will, fressen mir die Touristen aus der Hand.
Bsonders die Deutschen.
Die stehen auf meinen Wiener Charme.
Die können lachen. Na ja, ich hab auch immer sehr gute Witze auf Lager.
Kennen Sie den?
Der Grün trifft den Blau vorm Gaswerk ...
Ah, den kennen Sie schon.
Na, und den?
Ein türkischer Gastarbeiter schleckt eine Klomuschel aus, da ...
Ah so, den kennen Sie auch. Gut, nicht?
Ja, ja, die Deutschen haben denselben Humor wie wir Wiener. Wir sind halt nur begabter.
Lachen tun die Deutschen immer, wenn ich ihnen erkläre, daß der ehemalige Trainer vom HSV so heißt wie bei uns der grüne Salat.

Happel-Salat.
Hahahahaha!
Ja, steigen Sie nur ein in den Bus!
Ja, tschü-üs!
Apropos Happelsalat.
Den frißt der Papagei von meiner Schwiemu so gern.
Ich hab Ihnen ja gesagt, daß meine Schwiegermutter einen ... ja.
Also, das war was, wie die den Vogel gekriegt hat.
Meine Frau hat ihn ihr gekauft. Aus zweiter Hand.
Ein sogenannter Second-Hand-Papagei.
Meine Schwiemu hat nämlich so gelitten, daß sie so allein ist und mit niemand reden kann, deswegen hat sie sich einen Papagei gewünscht.
Dem kann man Worte einlernen, und dann gibt er einem nur Antworten, die einem angenehm sind.
Aber der Papagei, den meine Frau gekauft hat, der hat nur einen einzigen Satz sagen können.
Einen total blöden Satz noch dazu.
Er hat nur ständig gesagt: »Wer ist denn das? Wer ist denn das? Wer ist denn das?«
Also, meine Schwiemu hat den Papagei nur einen Tag gehabt, da ist auch schon die Katastrophe passiert.
In der Küche hat es einen Kurzschluß gegeben.
Daraufhin hat die Schwiemu einen Elektriker ins Haus bestellt.

Aber der ist nicht dahergekommen.
Jetzt hat aber die Schwiemu müssen dringend auf die Post und ist fortgegangen.
Kaum war sie aus dem Haus draußen, ist der Elektriker gekommen.
Er hat an die Türe von meiner Schwiegermutter geklopft.
Und drinnen hat der Papagei gerufen:
»Wer ist denn das?«
Da hat der Elektriker wahrheitsgemäß geantwortet:
»Der Elektriker.«
Wieder hat der Papagei gerufen:
»Wer ist denn das?«
»Der Elektriker.«
»Wer ist denn das?«
»Der Elektriker.«
»Wer ist denn das?«
»Der Elektriker!!!«
Und der Papagei hat in einem fort gerufen:
»Wer ist denn das?«
Worauf der Elektriker, immer lauter und wütender werdend, geantwortet hat:
»Der Elektriker!!!«
Bis der arme Mann, sowieso, wie Handwerker heutzutage, ständig im Streß, plötzlich einen Herzanfall bekam, wie ein Brett ganz steif umfiel und vor der Türe liegenblieb.

Da ist auch schon meine Schwiegermutter zurückgekommen, sieht den Mann vor der Türe liegen und fragt entsetzt:
»Wer ist denn das?«
Da ruft der Papagei:
»Der Elektriker!«
Ja, meine Damen und Herren! Ladies und Gentlemen!
Bitte um Ihre Aufmerksamkeit!
Attention, please!
Das, was Sie da vorne sehen, das ist der Heldenplatz.
Dieser heißt nach den Helden, die es hier schon so viele gegeben hat!
Sie haben ein Glück, daß Sie das alles heute so sehen können, denn bald soll hier alles aufgegraben werden.
Der ganze Heldenplatz wird eine Garage für viele, viele Autobusse wie dieser hier. Und damit wird gewährleistet, daß auch jene Touristen, die in den nächsten Jahren zu uns nach Wien kommen, ebensoviel Wissenswertes über diese wunderbare Stadt erfahren wie Sie!

Mariandlandlandl

Was mußte Österreich im Laufe der Geschichte alles erdulden. Da kamen die Hunnen und die Awaren, die Schweden und die Franzosen, da gab's die Pest und die Cholera, da war der österreichische Nachkriegsfilm, da kamen die Franzosen und die Bayern über die Grenze, da wüteten die Muselmanen und die Stadtplaner, und ganz furchtbar waren die Römer.

Denn sie brachten uns den Wein.

Und der Wein brachte uns den Glykol-Skandal.

Ein Skandal dieser Skandal.

Da wird in anderen Ländern Reibkäse aus Schichtseife erzeugt oder Salatöl direkt an der Dieselzapfsäule abgefüllt, da ist in der Schweiz mancher Fromage eher als Wagenschmiere verwendbar, da kann man sich in der Bundesrepublik mit manchem Mosel den Blümchenkaffee zuckern – und was sind die Konsequenzen?

Es gibt keine.

Für uns schon. Wir haben statt Glück Glykol gehabt. Und das nahm man uns auch noch übel.

Aber wie immer haben wir Österreicher aus dem Schaden gelernt. Das süße Leben ist vorbei.
Jetzt gibt es im österreichischen Weinhandel vorwiegend sauer verdientes Geld.
Und man sorgt für zeitgemäße Publicity.
Zu diesem Zweck haben jetzt die österreichischen Weinhändler eine österreichische Weinkaiserin gekrönt.
Weinköniginnen gibt es heute ja schon allerorten.
Was noch fehlte, und zwar dringend, das war eine Weinkaiserin. Zuerst wollte man dafür Maria Schell gewinnen, denn soviel wie unser »Seelchen« hat wohl noch kaum eine Frau in der Öffentlichkeit geweint.
Als nächstes war ein bekannter Schauspieler im Gespräch. Von ihm kam man aus optischen Gründen ab. Denn er wollte die Weinkaiserin nur in schwarzen Straps und mit einer Reitgerte in der Hand spielen.
Bis man endlich durch eine internationale Agentur auf den Hollywoodstar Szasza Labor kam. Sie war die Teuerste, deshalb wurde sie auch von der Agentur ausgesucht.
Im Feinschmeckermagazin *»Gastritus«* fand ich kürzlich folgendes Interview mit der neuen Weinkaiserin:

Mariandlandlandl

In den hängenden Weingärten des berühmten Nassberges reift nicht nur der vorzügliche Gallensteiner, sondern auch Österreichs neugekrönte Weinkaiserin Mariandlandlandl die Erste. Eigentlich heißt die Kaiserin ja Szasza Labor, unseren Lesern durch den Beethoven-Film »Im Hörrohr wird gejodelt« von Meister Franz Antel, in dem Szasza die Rolle der Unvollendeten spielte, bestens bekannt.

Szasza ist geborene Ungarin, aber sonst sehr nett.

Sicher hat man Szasza auch deshalb zur Weinkaiserin gemacht, weil sie das Sektsymbol einiger Generationen von Trinkern ist. In ihrem entzückenden Kellerstübchen treffen wir sie.

An den Wänden befinden sich die typischen Dekorationsstücke solcher Räumlichkeiten – Fotos von Judy Garland, Richard Burton, Dean Martin und Harald Juhnke.

Gastritus:

Liebe Szasza, Sie sind die neue Weinkaiserin Mariandlandlandl. Wie fühlen Sie sich in dieser Rolle?

Szasza:

Gut. Sehr gut.

Gastritus:

Danke für diese offene Antwort.

Wenn man Sie so ansieht, fragt man sich unwillkürlich, wie machen Sie das, immer so blendend auszusehen?

Szasza:

Das ist nur der Wein aus Österreich.

Gastritus:

Aha. Dürfen wir nun einige private Fragen an Sie stellen?

Szasza:

Natürlich, sehr gerne. Warten Sie, ich hole mir nur mein Skript mit den Antworten.

Gastritus:

Beginnen wir. Wer ist Ihr neuer Mann? Und der wievielte ist es derzeit?

Szasza:

Ich stehe derzeit vor meiner 17. Scheidung, mit einem sehr lieben alten Freund, den ich Ihnen dann gerne vorstellen werde. Ich glaube, er ist mein 17. oder 18. ... ich weiß das nicht mehr so genau.

Gastritus:

Wie können Sie sich das alles merken?

Szasza:

Ich schreibe es mir auf.

Gastritus:

Erzählen Sie doch unseren Lesern, wie es begonnen hat mit Ihren Männern.

Szasza: (lacht)

Wo soll ich anfangen?

Entführt hat mich ein schwarzer Husar, er hat geheißen Egry Medoc, er war in der Champagnerreitergesellschaft in Balaton führend. Es war ein sehr trauriger Sonntag, wie er mich hat alleine gelassen.

(Szasza Labor wischt sich eine Träne aus dem Auge)

Gastritus:

Und Ihr zweiter Mann?

Szasza:

Das war schon in Österreich. Das war Baron Müller-Thurgau. Er war ein echter Reinbeißer.

Gastritus:

Weinbeißer.

Szasza: (lacht wieder)

Ja, das auch.

(Aber mit traurigem Gesicht)

Er ist aber sehr früh verstorben.

Er hat Weinsteine gehabt, leider.

Dann war ich verheiratet mit dem Sepp Zierfandler, er war aber schon recht alt. Er hat sehr viel Wasser gehabt.

Gastritus:

Und dann hat Ihre internationale Karriere angefangen.

Szasza:

Ja, in Italien.

Dort habe ich geheiratet den Conte Spumanti. Er war aber leider nicht treu. Er ist immer von Asti zu

Asti gesprungen. Dabei war er von altem fränkischen Adel. Blaufränkisch.

Gastritus:

Gab es da nicht auch einen Franzosen?

Szasza:

Ja, das war der Bordeaux. Der ist mir sehr teuer gekommen. Viel billiger war der Don Rioja.

Gastritus:

Der war Spanier, nicht wahr?

Szasza:

Ja, der war aber ein großer Pantscher, der hat immer Pantscherl mit andere gehabt.

Dann war, glaub ich, ein Schweizer ... ja, der Fendant, der war mir zu trocken.

Gastritus:

Wer war der nächste?

Szasza:

Den hab ich vergessen. Ich weiß nur, er war zu unreif. Ja, dann war ich kurz verheiratet mit einem Südtiroler, mit dem Kalterer, er war aber in Wirklichkeit ein Warmerer.

Gastritus:

War da nicht diese Affäre mit Sherry?

Szasza:

Ja, ja, wegen dem bin ich nach Amerika.

Dort habe ich dann den alten Karlowitzer kennengelernt, der war verschnitten, und das mag ich nicht.

Dann bin ich wegen diesem Veltliner wieder nach Österreich.
Dann war der Rotgipfler, ein sehr ehrgeiziger Mensch.
Na ja, er war aus Strebersdorf.
Gastritus:
War da nicht der große Scheidungsprozeß?
Szasza:
Ja, ja, die Brünnerstraßler waren sehr sauer, weil ich mir meinen jetzigen Mann genommen habe, den Grinzinger. Der ist zwar nicht spritzig, aber dafür so süß. Er kann aber auch pikant sein. Und schwer ist er.
(Szasza schlägt die Augen nieder)
Ich weiß eigentlich noch nicht, was ich machen werde. Mein Slogan war zwar immer, Szasza, mach aus deinem Herzen keine Sandgrube, aber jetzt, wo ich Weinkaiserin bin ...

Das war unser Besuch bei der neuen Weinkaiserin Mariandlandlandl. Und im Sinne des alten Sprichwortes »Im Wein liegt Wahrheit« haben Sie, verehrte Leser, heute in diesem harten und ehrlichen Gespräch außergewöhnlich viel erfahren.
Denn wer Szasza Labor ins Gesicht sieht, der weiß, diese Frau bürgt für offene, ungeschminkte Wahrheit.

Der Mann ohne alle Eigenschaften

Österreich kommt international immer mehr in Mode. Was insbesondere auf dem Verlagssektor zu bemerken ist. Die Sensation auf dem amerikanischen Buchmarkt liefert zur Zeit ein neues Buch des berüchtigten britischen Historikers Zane Fletcher mit dem beziehungsvollen Titel »The Nothing«. Die deutsche Fassung des Werkes soll bereits in zwei bis fünf Jahren unter dem Titel »Der Mann ohne alle Eigenschaften« im Verlag Ti & Nef erscheinen.

Der folgende Vorabdruck des zweiten Kapitels ist eine Rohübersetzung. Sollte sich der geneigte Leser an dem einen oder anderen Kraftausdruck stoßen, gebe ich zu bedenken, daß es sich, wie erwähnt, eben um eine Rohübersetzung handelt.

Von Monat zu Monat steigerte sich die Spannung. Das Interesse der gesamten Familie, bestehend aus den Prchalčeks, die väterliche Linie, und den Pramzellers, die mütterliche Linie, war auf einen einzigen Tag konzentriert.

Und das war nicht weiter verwunderlich, war es doch das erste Mal seit über 20 Jahren, daß es in der weitverzweigten Familie wieder Nachwuchs geben sollte.
Woran das lag, ja darüber wurde allgemein und nicht nur familienintern gerätselt.
Seit 20 Jahren war keine Ehefrau aus der Prchalček-Linie oder der Pramzeller-Linie schwanger geworden, oder ein Ehemann Vater. Letzteres war nicht unerheblich, denn Möglichkeiten, Vater zu werden, hätte es für die Männer beider Familienlinien häufig gegeben.
Was in guten Familien stets heimlich geschieht, wurde in den letzten Jahren ganz offiziell betrieben. Die Herren im zeugungsfähigen Alter wurden von jenen, die nicht mehr dazu fähig waren, direkt genötigt, aktiv zu werden.
Natürlich wußten auch die Ehefrauen davon, aber wie es sich für Damen ihres Standes gehört, schlugen sie die Augen nieder und ließen geschehen, was geschehen mußte.
Und es mußte etwas geschehen.
Großvater Konrad Prchalček ließ, wenn er drei Viertel Ruster Eiswein getrunken hatte, und das passierte allabendlich, seinem Unmut über »diese unfähigen Versager« freien Lauf.
»Wenn ich noch jünger wäre, dann tät ichs diesen Waschlappen schon zeigen, wie man einer Frau ein

Kind macht! Aber leider, ich muß ja froh sein, daß ich grad brunzen kann!«
Großmutter Olga Prchalček lächelte stets verinniglicht vor sich hin, während die jüngeren Damen mit roten Köpfen das Zimmer verließen.
Großmutter Kreszentia Pramzeller nahm die Sache eines schönen Tages endlich in die Hand.
Sie erinnerte sich an den Ort, in dem sie mit ihren Eltern immer zur Sommerfrische war; dort lebte eine alte Frau – von vielen als Hexe gefürchtet –, zu der von weit und breit die Menschen mit ihren Nöten pilgerten. Und die Alte hatte für jeden ein Kräutl oder eine Salbe, welche auch meist die erhoffte Hilfe brachten.
Großmutter Kreszentia Pramzeller setzte sich in die Bahn und fuhr in die Heimat der Alten.
Dabei hatte sie aber total übersehen, daß die Hexe damals an die 70 war – so alt, wie sie nun selbst war. Doch sie fand die Alte, was sie gar nicht überraschte, denn sie war nur von dem Gedanken beseelt, der familiären Sorge ein Ende zu machen.
Es war die Enkelin der Hexe, die sie vorfand, rein äußerlich ihrer Muhme täuschend ähnlich und auch noch in der gleichen Profession tätig.
Der Unterschied war nur, die Enkelin ging nicht mehr in den Wald, um pünktlich um Mitternacht ein bestimmtes Farnkraut zu pflücken, sie stieg auch nicht mehr auf den Berg, um am Abgrund

unter Lebensgefahr jene Beeren zu finden, die zur Verfeinerung ihrer berühmten Hämorrhoidentinktur notwendig waren.
Sie züchtete längst alles, was sie brauchte, in einem Glashaus im Hinterhof und lieferte direkt an die Gnadenapotheke in Mariazell.
Als Kreszentia das Familienproblem vorbrachte, lachte das Kräuterweib zuerst nur hämisch und meinte:
»Sogar zum Schnaxeln sans zbled, die Stadtleut. Wann unsere Buam a so deppert warn, brauchat i net so viele Kiritaschen machen!«
Und dann meinte sie:
»Leider, da kann i Ihna net helfen. I hab zwar a Mittel gegen das Schwangerwerdn, aber dafir ... na, da hab i nix.«
Doch Großmutter Kreszentia insistierte mit einem größeren Geldschein; dadurch kam die Alte auf eine Idee.
Sie werde nach dem handgeschriebenen Rezeptbüchl suchen, das von der Großmutter stammt; sie schickte die potentielle Kundin in den Ort zurück und riet ihr, in ein paar Stunden wiederzukommen.
Wir wissen heute, daß es dieses Rezeptbüchl nie gegeben hat, die Alte braute einfach irgend etwas zusammen, füllte die milchige Flüssigkeit in ein Fläschchen und verkaufte es der Großmutter Kres-

zentia für einige große Scheine. Diese war glücklich und erkundigte sich:
»Wie soll denn das eingenommen werden?«
»Des is wurscht. Des kann ma trinka oder ma kann si a damit einreibn. Die Hauptsach is des Rezept. A Glück, daß is gfunden hab!«
Kreszentia war schon am Weg zum Bahnhof, da fiel ihr ein, daß sie gar nicht gefragt hatte, wer das Medikament einnehmen muß, er oder sie.
Doch es war schon spät, und Kreszentia wollte den letzten Zug erreichen; so tröstete sie sich mit der Aussage des Kräuterweiberls »Die Hauptsach is des Rezept!« und fuhr, das Fläschchen sorgsam hütend, heimwärts.
Dem jungen Paar, Rochus war bereits 46, Emilie nur zwei Jahre jünger, empfahl Kreszentia, die Medizin allabendlich vor dem Schlafengehen einzunehmen.
Ungläubig, aber stoisch ergeben, hielten sich Rochus und Emilie an die Indikation, und – das Wunder geschah.
Die Schwangere wurde wie ein kostbares Kleinod umsorgt, besonders in den letzten Wochen vor der Niederkunft.
Rochus fühlte sich zurückgesetzt und erinnerte mehrmals lautstark an seine Leistung, ohne die es ja keine Hoffnung gäbe.
Doch niemand nahm von ihm Notiz, und so saß Ro-

chus Abend für Abend in der Tiroler Ecke im Jagdzimmer des Hauses und half Großvater Prchalček beim Leeren der Ruster-Eiswein-Doppelliterflaschen aus dem Hauskeller.

Wieder einmal hockten der alte und der junge Prchalček unter den verstaubten Jagdtrophäen und leerten stumpfsinnig ihre Gläser, da ertönte plötzlich im Haus lautes Geschrei. Dieses Lärmen waren die beiden Männer schon gewohnt, gaben doch die Dienstboten dauernd dazu Anlaß, doch heute war es ein deutlich anderes Gezeter.

Da stürzte auch schon Großmutter Olga Prchalček ins Zimmer und schrie: »Das Kind is da! Das Kind is da!«

Rochus sprang auf, sein Vater versuchte es, ließ es aber beim Versuch bewenden, denn das Aufspringen war ihm schon seit Jahren nicht mehr möglich.

»Was ist es?« klang es rauh unter dem Schnurrbart des frischgebackenen Vaters hervor.

»Ein Bub is es, ein Bub!«

Rochus wurde um mindestens zehn Zentimeter größer, dann drehte er sich triumphierend zu seinem Vater um.

Doch dieser hatte sich schon lange wieder gefaßt und meinte nur trocken:

»Ein Siebenmonatskind.«

Und der Alte hatte recht, der Knabe war sogar um neun Wochen zu früh zur Welt gekommen.

Die Überraschung war perfekt. Mittags hatte Emilie noch ein ganzes Backhendl mit Mayonnaisesalat und zwei Stück Malakoff-Torten gegessen, und jetzt war das Kind da.

Völlig unerwartet war auch sein Gewicht. Emilie hatte nie in ihrem Leben über Appetitlosigkeit zu klagen, aber in der Schwangerschaft steigerte sich noch ihre Eßlust.

Großvater Prchalček pflegte sich auch ständig über diese unweibliche Manier abfällig zu äußern.

»Die frißt ja wie ein Kapskutscher!«

Man hielt ihm jedesmal entgegen, daß werdende Mütter eben Nahrung für zwei aufnehmen müssen.

»Aber hörts ma auf!« kam dann sein Kontra. »Bei dem, was die in sich hineinschiebt, müßts ja Vierlinge kriegen.«

Und jetzt kam der Bub ganz allein zur Welt und war grauenhaft untergewichtig.

Welcher Umstand Großvater Prchalček zu der unsensiblen Äußerung veranlaßte: »Ich habs immer gesagt, die frißt für zwei!«

Rochus scherte sich nicht um derlei Nebensächlichkeiten, er machte Streifzüge durch die Gaststätten der Umgebung, wo er ungefragt allen von seinem Vaterglück erzählte.

Obwohl Emilie einen mütterlichen Vorbau wie eine Preisamme aus Iglau ihr eigen nannte, kam nicht ein Tropfen Milch heraus. Großmutter Olga

Prchalček kannte ein überliefertes Mittel, um die Muttermilch zum Fließen zu bringen. Emilie bekam dreimal täglich einen halben Liter dunkles Malzbier, welches man mit drei Hühnereiern über dem Feuer schaumig gerührt hatte.
Im Laufe von drei Monaten bekam Emilie zehn Kilo Zusatzgewicht, aber keine Milch.
Der Kleine nahm überhaupt nicht zu.
Ärzte wurden konsultiert und in deren Folge vielerlei Medikamentöses in das Baby gestopft.
Aber es nahm nicht zu.
Panik verbreitete sich unter den Frauen.
Rochus blieb davon ziemlich ungerührt, denn er war selten zu Hause anzutreffen, und wenn, dann nur, um seine bei Vaterschaftsfeiern gefertigten Räusche auszuschlafen.
Und der Alte sagte immer nur lapidar:
»In meiner Jugend hats das nicht gegeben, da hat jede Frau Milch gehabt. Wahrscheinlich ist sie zu fett.«
Eines Tages riß der Großmutter Kreszentia die Geduld; sie setzte sich wieder in die Bahn und suchte die Fabrikantin des Fruchtbarkeitstrunkes auf.
Diese zeigte sich ehrlich erstaunt, daß es mit dem Kind geklappt hatte, faßte sich aber sehr schnell, als sie von den neuen Sorgen hörte. Urplötzlich bat sie die Großmutter, in der Stube ein wenig zu warten, schlurfte eilig in die Küche, wo sie völlig wahllos

aus den verschiedensten Ingredienzien einen dunklen Saft zusammenbraute. Nach ihrem Willen hätte die Medizin wieder hell werden sollen, aber da sie sich an die letzte Rezeptur nicht mehr erinnern konnte, kam etwas dazu, das den Trank ganz braun werden ließ.

Sie verlangte doppelt soviel Geld wie das letzte Mal und sagte:

»Gebns dem Buam a frische Goaßmilch zum trinka, und jedsmal oan Kaffeelöffe von dem Saftl da, werdns sehgn, des hilft. Weil ...« Die Alte machte eine andachtsvolle Pause. »Des is a alts Rezept von meiner Großmuada selig!«

Kaum zu Hause angekommen, begann die Kur, die sich als sensationell erwies.

Der zarte Knabe nahm innerhalb von einer Woche zwei Kilo zu.

Der Erfolg spornte die Familie an, und man fütterte das Baby, wann immer es schrie.

Nachdem es fortwährend schrie, wurde es auch fortwährend gefüttert, und es nahm immer mehr zu.

Das Wundermittel ging zur Neige.

Großmutter Kreszentia holte Nachschub. Diesmal bezahlte sie schon ein kleines Vermögen, bekam aber dafür auch eine extra große Flasche. Daß die Flüssigkeit diesmal wieder etwas heller war, störte niemanden, im Gegenteil, man gab dem Kleinen

gleich eine Kaffeetasse mit purer Medizin, und bereits am nächsten Morgen fand man den Knaben in der Größe eines Vierjährigen in der Wiege; Arme und Beine baumelten über den Wiegenrand.
Ein Taumel erfaßte die Familie.
Innerhalb weniger Wochen verfütterte man die Medizin, und der Bub wuchs und wuchs, nunmehr auch ohne das Wundermittel.
Als der Knabe das Alter von vier Jahren erreicht hatte, war er schon größer als der Großvater, aber dies nur deshalb, weil der Alte nicht mehr stehen konnte und ein Sitzzwerg war.
Mit fünf konnte er schon »Mama« sagen.
Mit sechs schon »Papa«. Daß er es zu Großmutter Olga sagte, störte nur Kreszentia, denn schließlich hatte sie ja wesentlich mehr zu seinem Fortkommen beigetragen als Olga.
Mit sechs beherrschte er schon das Einmaleins.
Mit sieben schon das Einmalzwei.
Mit acht konnte er schon seinen Namen schreiben.
Zwar unleserlich, aber da alle wußten, daß er unterschrieben hatte, zweifelte auch niemand an der Echtheit.
So ist es bis heute geblieben.

Das war also ein Kapitel aus »Der Mann ohne alle Eigenschaften«. Ohne Ihnen den weiteren Inhalt des Buches erzählen zu wollen, darf ich Ihnen nur

so viel verraten: Der Held der Geschichte, dessen Menschwerdung Sie eben so eindringlich geschildert bekamen, nahm mit seiner Volljährigkeit einen anderen Namen an, kam über verschiedene Unterorganisationen in die Politik, wo er es zu einer hohen, einflußreichen Stellung brachte.
Ich nehme an, Sie kennen ihn.

Nur net hudeln

Hudeln ist für die Leute vom Brockhaus ein mundartlicher Ausdruck, für die Leute vom Duden ein Zeitwort, und für die Beamten aus Österreich ein Fremdwort, denn hudeln bedeutet für alle: schnell und schludrig arbeiten.
Was geschehen kann, wenn ein Mensch aus jener Hemisphäre, wo das Hudeln zum konjunkturfördernden Wirtschaftsprinzip gehört, auf einen österreichischen Staatsbediensteten stößt, das möchte ich in dem folgenden Dramolett schildern.

Der kleine Bahnhof liegt in der gleißenden Sommerhitze wie ein vergessenes Riesenspielzeug.
Nichts regt sich ringsum. Selbst die Hühner im Garten des Bahnhofsvorstandes haben sich im Schatten des Zierpflaumenbaumes in die Erde gebuddelt und schweigen beredt.
Nicht einmal die Blätter in den uralten Kastanienbäumen am Bahnhofsvorplatz bewegen sich. Zugegebenermaßen, weil man die störenden Riesen schon im Frühjahr umgeschnitten und statt dessen pflegeleichten Beton aufgetragen hat.

Eiliges Trippeln auf eben diesem Beton bricht in das verträumte Schweigen der Bundesbahnfiliale. Eine unschwer als US-Bürgerin zu identifizierende Person betritt hastig die kleine Halle.
Hier drinnen ist es ein wenig kühler, dafür riecht es nach abgestandener Luft, faulen Äpfeln und kaltem Rauch.
Das nicht mehr ganz jugendliche, knöcherne Wesen mit den pinkgetönten Haaren studiert nervös den hinter Glas verwahrten Fahrplan, schüttelt verzweifelt den Kopf, sieht sich weiter in dem sich durch die Anbringung eines Pfefferminzbonbonautomaten und einer von der örtlichen Sparkasse gewidmeten Plastikbank als Bahnhofshalle gerierenden Raum um und klopft dann zaghaft an das Fenster des geschlossenen Fahrkartenschalters.
Nichts rührt sich.
Die Lady klopft wieder. Nun etwas heftiger.
Nichts rührt sich.
Nun klopft sie mit dem großen Edelweißring aus massivem Eloxal, ein wundervolles Souvenir aus dem Tax-Free-Gift-Shop in der Wiener Kärntnerstraße, an das Fensterglas und ruft dabei:
»Hallo! Hallo!!«
Da erscheint plötzlich, wie aus dem Nichts kommend, das verschlafene Rundgesicht eines biederen Eisenbahners hinter dem Schalterfenster.
»Wos haaßt ›halloh‹?«

Die Lady kramt aus ihrer großen Reisetasche aus dezentem Kunst-Krokoleder einen Zettel und liest herunter:
»Saint Joan, please! Ich wollen to Saint Joan!«
Der gemütliche Gesichtsausdruck des Schaltermenschen verändert sich überhaupt nicht, als er sagt:
»Woos? Seint Tschoän? Des hab i no net ghert. Da muaß i erscht nachschaun.«
»Pardon?«
Die rötliche Kugel hinter dem Trennglas erhellt sich etwas.
»Ah, baden wollns fahrn? Na, des kennans ja bei uns im Ort a! Mia habn a super Erlebnissonnenfreibad bei uns! Mit jedem Komfort, was Ihna winschen!«
Verständnislos, wie Ortsunkundige sein können, insistiert das US-Girl.
»Saint Joan! Bitte vielemal! I will to Saint Joan!«
Der Beamte murmelt etwas indigniert vor sich hin.
»De will net bei uns baden.«
»Saint Joan!«
»Ja, ja, ja ... yes. Des werd ma glei habn!«
Er nimmt das sichtlich selten in Gebrauch befindliche Kursbuch zur Hand und beginnt darin zu blättern.
»Seint Tschoän mit Ssss?«
»Yes, Saint Joan!«
»Unter Ssss muaß i schaun.«

Er nickt der Dame freundlich zu.

»You müssen wissen ... ei bin ganz neu hier ... new da. Here! Aber ... des werd ma glei habn. Nur net hudeln! Des hat scho der Hans Moser immer gsagt. Kennen Sie den Hans Moser?«

Die Pink-Lady ist ratlos.

»Hens Moser? What ...?«

»Na, unser Hans Moser! Aus de Film! Sie kennen eahm sicher. Der was immer gsunga hat ›der Dokta Lueger hat mir einmal den Arm gereicht, weil i muaß im frühan Lebn a Reblaus gwesen sein ...‹«

Die derart angesungene Dame wirkt ziemlich irritiert.

»O no! Saint Joan!«

Die Kugel hinter dem Schalterglas bekommt fast eine ovale Form.

»De waß net amoi, wer der Hans Moser is. Aber den John Wayne, den kennts sicher. Arm! Armes Volk!«

Und auf die flehentliche Geste seines Gegenübers.

»I schau ja eh schon nach! Des werd ma glei habn! Mit Ssss habns gsagt!

Ssss ... da is scho ... Saalfelden ... Seekirchen ... Seiblitzkirchen ... Sell am Zee!«

Jetzt lacht er über den Scherz, besinnt sich aber sogleich beim Anblick des amerikanischen Gesichts auf seine Pflicht.

»Wia hat des gheißen?«

Jetzt hat die Lady verstanden.

»Oh, thank you! Wieviel spät fahren?«
»Wieviel Verspätung? Haha, de is guat.
Ja, da muaß i erscht wissen, wo Sie überall hinwolln!
You will baden fahren wohin?«
»Saint Joan!!«
Der Beamte öffnet nun das kreisrunde Loch im Fenster und greift nach draußen.
»Gebns her amoi!«
Er nimmt der Dame den Zettel aus der Hand und liest.
»Was? Seint Tschoän?
Des gibts ja gar net! Sankt Johann meint de, Sankt Johann. Sie, lieabe Lady, jetzt weiß ich, warum wir uns nix verstehen! Des haßt Sankt Johann! Johann, so wia Johann!
Net Tschoän! Sankt Johann!«
Die Touristin lächelt selig ob des merkbaren Verständnisses. Jetzt kennt sie das Problem, und bemüht wiederholt sie:
»Sant Schoan.«
»Jaa, Sankt Johann! Sehngsas, Mißtress, jetzt hab ma uns, net wahr?!
Nur leider weiß ich jetztat net, was you meinen.«
Er blättert angeregt.
»Meint de jetzt Sankt Johann im Pongau, Sankt Johann in Tirol oder Sankt Johann an der Rodel?«
Die beiden sehen einander mit ebenbürtiger Ver-

ständnislosigkeit an. Dann weist die Dame auf den Zettel in des Eisenbahners Hand.
Jetzt dreht er das Papier um.
»Jessas! Da stehts ja eh!
Gasthof zur brausenden Rodel.«
Er lacht.
»Ei wissen schoo alles!
Seint Tschoän on the crazy Rodel!«
Jetzt strahlt die Lady vor Begeisterung, daß ihr Make-up deutlich sichtbare Risse bekommt.
»O yes! That's so fine! Ich fröe mich!«
»Ja, yes, des is fein! Ich fröhe mi a! Des hab ma amoi!«
Er beugt sich näher an seine Kundin heran.
»Jetzt zum Nächsten. Möchten Sie über Linz an der Donau fahren?«
»Pardon?«
»Na ja, ob baden oder net baden ... you will baden fahren over Leinz on der Daunau?
Oder möchten Sie über Bad Ischl? Haa?
Over Leinz gehts quickly, over Bed Eischl is viel beautifuller! You understehn my Englisch?«
»Yes! Yes!«
Irgendein Nachrichtengerät im Schalterraum beginnt zu surren. Während der Beamte einen Schalter betätigt, murmelt er vor sich hin.
»Yes, yes, sagts. Des hab i da was net gern ghabt in der Schul, des Englisch.

A depperte Sprach, des.
Zum U sagens A und zum A sagns E ... dafür sagns zum E wieder I. Bled, sowas.
Also, Mißtress, was is? Fahrns over Bed Eischl?«
Nun wird die Dame wieder nervös, greift durch den Fensterausschnitt und nimmt den Zettel an sich.
Sie liest ganz demonstrativ.
»Saint Joan!«
»Ja, das weiß ich jetzt schon, Lady!
Ei äm rialli!
Aber ei will wissen, ob Sie so other so fahren wöllen!«
Der Beamte unterstreicht das Gesagte, indem er verschiedene Richtungen in die Luft zeichnet.
Das US-Wesen versteht nun überhaupt nichts mehr und trommelt mit den ebenfalls pinkfarbenen Fingernägeln auf das Schalterbrett, was der Bundesbahnvertreter mit steigendem Mißvergnügen zur Kenntnis nimmt.
Leise, aber aus tiefstem Innern quillt es aus ihm heraus.
»Wann i die anschau, rolln sich mir die Strümpf abe.«
Er legt das Kursbuch energisch auf seinen Platz zurück und meint nun laut und vernehmlich:
»Aber was! Laß mas über Ischl fahren. Da siechts mehr von der Gegend. Umsonst heißt es nicht: Österreich ist schön, komm, bleib!«

Er zeigt in der Luft die Richtung an.
»This Way is beautiful. Salzkammergut is this.
Salzkammer ... Saltroomgood, you understand me?
Salzburg ... Saltkastl is a pfundigs Country!«
Er steigert sich hörbar in eine Fremdenverkehrswerbungsstimmung und beginnt wieder zu singen.
»In Saltkammergut, da kann ma gut happy sein, wenn die Music playt, holdriooo!«
Das Gesicht der Amerikanerin nimmt allmählich Ähnlichkeit mit dem von Bette Davis in dem Film »Wer hat Angst vor Baby Jane?« an.
»Meine Ticket, please!«
Der kühle Ton, in dem der Wunsch geäußert wird, läßt die rötliche Kugel an der Kasse wieder dienstlich nach Vorschrift werden.
»Das Ticket, yes, o.k.!
Da muß ich Sie aber asken – reisen you with the Family?
Da krieagatns a verbilligtes Family-Ticket.
You trebeling with eine Family?«
Nur kalt kommt es zurück.
»No, alone.«
»Aha! Alone! Da can you be happy sein! Da hast you no a Schweigamatter!«
Die Farbe der Haare zieht sich deutlich merkbar unter der Schminke das Gesicht entlang bis zu dem mit einigen Modeketten gnädig verdeckten, nicht sehr ansehnlichen Dekolleté der Lady.

»Bitte, geben Sie mich meine Ticket.«
»Ja, ja! Also keine Family!
Is eh besser! Alone kann ma viel mehr erleben. Matsch more erliving you.«
Die Kugel kommt plötzlich fast durch den Schalterausschnitt.
»Austria hat verry charming Boys! Hillboys. You verstehn? Hillboys, de kumman fensterln to you! You verstehn fensterln? Windowerln, yes!«
»What Zeit fahren my train? Bitte, schnell!«
Wieder wird der eben noch so Beschwingte in den harten Dienst zurückgerufen.
»Always mit der Ruhe! I habs scho gsagt, nur net hudeln!
Der Pörsonentrain nach Bed Eischl und weiter nach Seint Tschoän have the Planabfahrt um Siebenuhrsechsavierzg.
Seven a clock and sixavörzg!«
Die Amerikanerin sieht erstaunt auf ihre Hongkong-Watch.
»Seven?«
»Yes, seven! Tomorrof, murgen in the öhrl Morningtime!«
Die Lady wankt.
»Tomorrow?!«
»Ja, tomorrow! Das heißt morgen ... murgen ... domani!
Over Bed Eischl. Wenn you ober aber Leinz ...«

Im gleichen Augenblick ertönt aus dem Lautsprecher am Bahnsteig die Stimme des dafür zuständigen Herrn.
»Der Zug von Gleis zwei fährt ab. Wir wünschen gute Reise!«
Die Figur des Schalterbeamten nimmt amtliche Haltung an.
»Sehngs, Mißtress, der Train over Leinz on the Daunau fahrt grad aus der Steschen. So long!«
Alle Farbe schießt aus dem Gesicht der Urlauberin. Zurück bleibt nur jene chemische Frische, die Hollywood-Leichen so blühend erscheinen läßt.
»This is my train?«
»No, gnä Woman. Des war er!«
Wie der Blizzard Martha aus dem letzten Winter überfällt sie die plötzlich offenbar gewordene Erkenntnis und mit einem verzweifelten »O god! O god! O god!« wankt die US-Bürgerin aus der osterreichischen Railwaystation.
Sinnend blickt ihr der Schalterbeamte nach und murmelt vor sich hin:
»Weil solchene Leut nie a Zeit habn. Dabei sag i eh immer zu denen – nur net hudeln!«

WIRR

Die vier wichtigsten Monopolunternehmen Österreichs sind, in wilder Reihenfolge, die »Österreichische Tabakregie« (dies ist eine Institution, die, wie schon der Name vermuten läßt, den Verschleiß von Zigaretten und deren Rauchern inszeniert), die Österreichische Salinen Aktiengesellschaft (welche direkt dem Finanzministerium unterstellt ist, daher auch der Begriff Salzamt), Peter Alexander (Österreichs führender Auslandsbotschafter mit Sitz in Ticino/Schweiz) und der ORF (auch unter Osterreichischer Rundfunk bekannt).

Wie dem österreichischen Rundfunkgesetz zu entnehmen ist, hat dieser ORF auch einen Bildungsauftrag.

Was auch immer darunter zu verstehen ist, demnächst soll es eine neue Fernsehbildungsreihe geben, deren Pilot-Sendung eben fertiggestellt wurde.

Die TV-Vormorgen-Serie trägt den prägnanten Titel »WIRR«.

Hier ein Protokoll des Ablaufes dieser Sendung.

Der Moderator erscheint im Bild:
»Dieses Magazin, meine Damen und Herren, widmet sich den Minderheiten unter uns.
Unsere erste Sendung WIRR ist daher den österreichischen Fakiren gewidmet.
Folgende Themen werden dabei behandelt:
Zunehmen mit WIRR.
Entwöhnungskur für Feuerfresser.
Der WIRR-Wandertag.
Und Yoga für alle.
So darf ich Ihnen also unsere heutigen Studiogäste vorstellen. Herr Rahmadama Snekensis und Frau Indürra Snekensis, beide sind ein Ehepaar und dazu aus Oberpfaffendorf zu uns gekommen.
Sowie Herr Krischnarra Brdal aus Schuschlingpanzen im Ferneraus. Er ist ledig und hat keine Ehefrau.
Und da ist noch Herr Guru Bradarsch Mathatwasmahat, er ist unser Fachberater der Aktion ›Zunehmen mit WIRR‹.«
Die vom Moderator Vorgestellten setzen sich auf Nagelbretter rund um den Moderator, der in einem Fauteuil kauert und sich jetzt an das Ehepaar wendet:
»Herr Rahmadama Snekensis und Frau Indürra Snekensis, Sie sind schon seit Jahren begeisterte Gillettianer, nicht wahr?!«
Frau Snekensis antwortet sofort:

»Ja, mein Mann und ich sind begeisterte Rasierklingenesser.«
»Ja, aber Sie sind heute bei uns, weil Sie in letzter Zeit nicht zugenommen haben.«
»Ja, nicht einen Deka.«
Der Moderator wendet sich dem Guru zu.
»Verehrter Guru Bradarsch Mathatwasmahat, Sie betreuen seit einer Woche dieses bedauernswerte Ehepaar, indem Sie ihm eine Mastkur verschrieben haben.
Ist das richtig?«
Der Guru nickt leicht mit dem Kopf.
»Aha. Wieder zu Ihnen, Frau Indürra.
Sagen Sie unseren Zusehern, wie sich diese Woche Mastkur auf Sie ausgewirkt hat.«
Frau Snekensis antwortet sofort:
»Auf mich sehr gut. Aber bei meinem Mann gibt es Schwierigkeiten. Denn er war ja unseren normalen Diätplan so gewöhnt. Einmal in der Woche eine Packung Steinless. Und jetzt müßte er alle sechs Stunden einen Reißnagel zu sich nehmen, das ist ihm zuviel.«
Sie streichelt ihrem Gatten über den Kopf.
»Gell, Rahmale!
Wissen Sie, er hat ja schon nach einer einzigen Reißzwecke so ein Völlegefühl, daß er nichts mehr essen kann.
Aber, wie gesagt, auf mich hat diese Mastkur sehr

gut gewirkt. Ich hab schon zwei Kilo zugenommen.«
»Wie kommt das?«
»Das kommt daher, daß ich beim Kochen immer kosten muß. Außerdem mag ich die Reißnägel nur in einer molligen Sauce, und die mache ich mit Staufferfett.«
Frau Indürra spricht direkt in die Kamera.
»Aber den Hausfrauen sei gesagt: wichtig ist, daß die Speisen immer genug Eisen enthalten.«
Herr Snekensis meldet sich zu Wort.
»Eines muß ich doch sagen: Mir schmeckts auch deshalb nicht, weil meine Frau überhaupt nicht würzt. Ich habs aber gerne sehr scharf. Meine Leibspeise sind Rasiermesser aus Solingen mit extra scharfem Senf.«
Der Moderator fragt nun den Herrn aus Ferneraus:
»Herr Krischnarra Brdal, wie bekommt Ihnen die Reißnägelmastkur?«
»Ich mach keine Reißnägelmastkur. Ich mach eine Handmixerkur.«
Der Moderator versteht nicht.
»Wieso Handmixerkur?«
»Na, der Herr Guru Bradarsch Mathatwasmahat hat doch gesagt, wir sollen uns die zeitgemäße Ernährungswissenschaft zunutze machen und nur mehr Elektromixer ...«
Der Guru breitet die Hände aus und sagt:

»Niemals habe ich Elektromixer gesagt. Ich sagte Elektrorasierer statt Rasierklingen. Die Kontakte und Elektroden sind wertvolle Ballaststoffe.«
Der Moderator erkundigt sich:
»Also nur Elektrorasierapparate?«
Der Guru nickt.
Herr Krischnarra Brdal fragt noch einmal:
»Ich hätt so einen großen Appetit auf Rasenmäher!«
Aber der Guru schüttelt verneinend sein Haupt, worauf der Moderator aufsteht und zu einer anderen Sitzgruppe im Studio geht, wo zwei neue Gesprächspartner Platz genommen haben.
»Nun, meine sehr verehrten Damen und Herren, darf ich Ihnen die weiteren Diskutanten vorstellen.
Hier ist einmal Herr Pandit Vukovic aus dem Burgenländischen Seewinkel und Herr Bezirksyogameister Tschang Fu Dobretsberger.
Herr Pandit Vukovic, seit wann sind Sie feuersüchtig?«
»I bin Feuerschlucker seit meiner frühesten Kindheit. Und zwar, seit i des erste Mal dabei war, wieas des Schilf abbrennt habn.«
»Nun haben Sie eine Entwöhnungskur gemacht. Herr Pandit Vukovic, sagen Sie unseren Zusehern, wieviel Feuer haben Sie vor der Entwöhnungskur so täglich geschluckt?«

»Na, zum Fruastuck vier bis fünf Friedhofskerzerln, zmittag oa Paket Unterzünder und oan bis zwoa Gasanzünder, am Abnd so a vier, fünf Fackeln ...«
Pandit Vukovic lacht verschmitzt.
»Ja, und dazwischen halt immer des Naschen.«
»Zündhölzer?«
»Ja, richtig! De san mei Untergang. Ich kann an koana Trafik vorbeigehn!«
Der Moderator sieht bedeutungsschwer in die Kamera.
»Ja, so ist eben die Sucht!
Nun ist aber Herr Pandit Vukovic zum Glück schon sehr entwöhnt. Nicht wahr?«
Vukovic atmet auf.
»Ja, i bin sehr froh. Nur wissens, die Gasfeuerzeug kann i ma net abgewöhnen.«
»Jetzt müssen Sie noch das Rezept Ihrer Entwöhnungskur verraten!«
»Des is eigentli ganz oafach. I trink halt, wann i an Gusto krieag, einen halben Handfeuerlöscher aus. Des schmeckt zwar net sehr guat, aber i misch ma immer an bißl an Zucker drunter, dann gehts scho!«
Der Moderator macht in Richtung Vukovic eine kleine Verbeugung. »Herzlichen Dank, daß Sie zu uns ins Studio gekommen sind.
Aber nun zu Herrn Bezirksyogameister Tschang Fu Dobretsberger. Er kommt aus Going am Wilden

Kaiser, also einer Gegend, in der Yogan seit Menschengedenken zum täglichen Leben gehört.
Herr Bezirksyogameister, Sie werden unseren Fernsehyogakurs heute eröffnen.«
Tschang Fu Dobretsberger sitzt nun im Yogasitz vor seinem Fauteuil am Boden und begrüßt die Zuseher.
»Halali, olle miteinand!
Zuerscht wölln wir hiatzt ein echtes Yogaliead anstimmen. Kann i mei Sitar haben?!«
Er bekommt nun das Saiteninstrument und beginnt, sich selbst begleitend, zu singen:
»Warum trogen olle Yoga immer wieda Hosentroga, weil dem Yoga sunscht im Wold seine Hosen obafollt!«
Während des Singens hat Tschang Fu Dobretsberger einen Yoga-Kopfstand eingenommen, legt nun das Instrument zur Seite und spricht weiter:
»Ich derf Sie noch darauf hinweisen, daß nächschte Wochen in der Innschprucker Gebirgsyogakaserne ein großes Yogatreffen stattfindet. Dabei werdn unter der Leitung von Präsident Bertram Yoga die Tiroler Kaiseryoga das Volksstück ›Der Yoga vom Fall‹ in original Yogalatein zur Aufführung bringen.«
Der Moderator hat sich nun, ebenfalls in Kopfstandposition, neben den Bezirksyogameister begeben und fragt:

»Und was haben Sie uns für unseren WIRR-Wanderweg am nächsten Sonntag vorzuschlagen?«
»Das wichtigschte is, daß alle bloßfüaßi sind!«
»Also barfuß?«
»Ja, weil sonscht isch ja das koa Yogerei!«
»Und wohin sollen unsere Sonntagsyoga wandern?«
Der Bezirksyogameister Tschang Fu Dobretsberger setzt sich nun wieder in den gewöhnlichen Yogasitz und erklärt bedeutungsvoll:
»Das Wohin isch ja zum Glück koa Problem mehr für einen passionierten Yoga unserer Zeit.
Roschtige Konservendosen, zersplitterte Bier- und Limoflaschen, alle möglichen Chemikalien, wie Altbatterien und so weiter, diese für einen begeischterten Yoga so wichtigen Sachen, die liegen ja heute schon auf jeder Wiese und in jedem Wald herum.«
Der Moderator lacht zufrieden in die Kamera und sagt dann:
»Herzlichen Dank, Herr Bezirksyogameister!
Noch eine Frage zum Abschluß: Wie schaut die Zukunft für Österreichs Yoga aus?«
»Sakrisch guat, kann i nur sagen. Wann die Induschtrie und die Bevölkerung uns mit dem Müll weiter so unterstützt, werden bald alle Öschterreicher Yoga sein! Dann sind wir keine Minderheit mehr! Halali!!«

Der Moderator ist aufgestanden und kommt nun auf die Kamera zu.
»Meine Damen und Herren, das war WIRR. Zum Schluß dieser Sendung möchte ich Ihnen versichern, daß wir uns auch in Zukunft den kleinsten Minderheiten in diesem Lande widmen werden.
In unserer nächsten Folge beschäftigt sich WIRR mit der Gruppe der vollzurechnungsfähigen, ehrlichen Steuerzahler!
Sollten Sie einen kennen, schicken Sie ihn zu WIRR!«

Glücklich ist, wer vergißt, was doch nicht zu ändern ist

Ein Gefangenenwärter plaudert aus

Darf ich mich vorstellen! Mein Name ist Frosch. Ja, Sie haben richtig gehört. Ich bin ein Enkel von dem berühmten Frosch.

Na, so fidel wie zur Jahrhundertwende sind unsere Gefängnisse heute nicht mehr.

Heute gehts schon viel härter und strenger zu.

Für uns Gefängniswärter.

Aber bei mir da, in meiner Abteilung, ist immer alles ruhig.

Schaun Sie, ich spiel in aller Ruhe das Spiel da, mit die Stäbchen. Kennen Sie das, dieses Spiel?

Das ist das sogenannte Beamtenmikado.

Wer sich bewegt, scheidet aus.

Natürlich haben sich die Zeiten in jeder Beziehung da bei uns geändert.

Früher sind da Leute herinnen gesessen, weil sie bei einem Generaldirektor eingebrochen haben.

Heute sitzen die eingebrochenen Generaldirektoren da.

Ja, alles hat sich geändert.
Die größten Bankräuber von heute sind Leute, die ihre Kredite nimmer zurückzahlen können.
Und die werden immer mehr. Und prominenter.
Bitte, die meisten Häftlinge sitzen ja, weil sie zuviel gestanden haben.
Es gibt natürlich auch sogenannte Steher, die gestehen gar nix.
Andererseits, man braucht ja heutzutag net einmal gestehen, um verurteilt zu werden.
Es braucht nur der Name in der Zeitung zu stehen – und man ist schon verurteilt.
Oder mit einem schönen Foto auch gleich hingerichtet.
Außerdem hören sich schön langsam die Kavaliersdelikte auf – weils keine Kavaliere mehr gibt.
Ich kenn da beispielsweise einen politischen Mandatar, sein Name sei hier verschwiegen, er ist Gemeinderat.
Sehr tüchtig, wirklich wahr!
Das macht dem keiner nach, was der saufen kann.
Und der hat bis jetzt immer Glück ghabt, denn die Gendarmen, die kennen ihn, weil die sitzen ja am selben Stammtisch. Aber der Alkohol ist ein Teufel.
Unlängst ist dieser Gemeinderat nach einer Sitzung, die sehr lange gedauert hat, so besoffen gewesen, daß er, wie er zhauskommen ist, mit der

ganzen Geschwindigkeit gegen sein Garagentor geprallt ist.

Überall hat er Verstauchungen gehabt, so wuchtig war der Aufprall. Ein Glück, daß er zu Fuß unterwegs war.

Ich bin kein Autofahrer. Ich bin passionierter Fußgeher. Und manchmal auch Autostopper.

Wenns gelingt, das Stoppen.

Unlängst, wie ich vom Heurigen etwas früher weggegangen bin, weil ich mußte in den Dienst, da wollte mich ein Autofahrer mitnehmen.

Aber ich bin im letzten Moment auf die Seite gesprungen!

Ich möcht kein eigenes Auto haben. Ich sehe, wie es meinen Kollegen ergeht. Für die sind ihre Autos nur Rätsel.

Immer nur Raten, Raten, Raten ...

Ich leiste mir statt einem kleinen Auto einen großen Hund.

Einen Neunpfundländer. Lump heißt er. Lump.

Was glaubens, wenn ich den auf der Straße ruf, wie viele Leut sich da umdrehn.

Wenns die alle bei uns einliefern möchten, dann hätt ma überhaupt keinen Platz mehr.

Und wir sind eh überfüllt.

Interessante Häftlinge hab ma da.

Untersuchungshäftlinge. Prominente, soviel Sie wollen.

Beispielsweise hab ich da auf Zelle 8 den Kommerzialrat.
Eigenartig, daß der bei uns ist. Wie kann man einen Fabrikanten von Beleuchtungskörpern wegen Verdunkelungsgefahr einlochen?
Dann haben wir den steirischen Direktor da. Das ist der, dens in der Badewanne verhaftet haben. Der wollte grad untertauchen.
Auf Zelle 12 sitzt der bekannte Chirurg. Der sitzt wegen einem Kunstfehler. Der hat nämlich um sehr viel Geld seine alten Röntgenbilder verkauft, als Kunst, net.
Weil er hat nämlich die Bilder signiert mit dem Namen von dem, wie heißt er, na, von dem mit dem Kartennamen ... Herzdamo, Kreuzbubo, Karoasso, nein, Pikasso.
Was sich die Leut heutzutag alles als Kunst kaufen, es ist nicht zu glauben.
Dabei ist das eh so einfach. Gleich bei uns in der Straße, da gibt es ein herrliches Kunstgeschäft. Das ist das, wo im Sommer der Eissalon Leonhardo Dawünschi drinnen ist.
Da hab ich mir schon so schöne Sachen gekauft, herrlich!
Das schönste ist das, das wir übern Eßtisch hängen haben. Das ist ein Still-Leben. Das ist das Matterhorn, mit Heiligenblut davor, links ist ein Wasserfall, mit so Schwäne und so, und rechts, da steht ein

riesiger Hirsch, wissen Sie, der mit dem Kreuz zwischen dem Geweih. Das ganze hat der Künstler genannt »Abend – stille«. Wie gesagt, ein Still-Leben. Es war nicht billig, muß ich sagen, aber echte Kunst hat halt seinen Preis.

Das primitive Volk hat natürlich nix für Kunst übrig. Ungebildet sind die Leut. Direkt trottelhaft.

Na beispielsweise die Frau Simhuber, die unter uns wohnt, die macht nur, was in der Zeitung steht. Alles glaubt sie, was sie lesen tut.

Unlängst hat sie an die Zeitung geschrieben, was sie machen soll, weil sie hat so viele Wimmerln, also Akne, net, im Gesicht. Haben sie ihr geschrieben, sie soll sich alle zwei Stunden das Gesicht mit Toilettwasser reinigen, und die Wimmerln sind weg. Das hat sie gmacht. Jetzt hat sie statt Wimmerln lauter Beulen am Hinterkopf. Weil ihr nämlich ständig der Klodeckel ins Gnack, Genick, gefallen ist.

Nein, ich glaube den Zeitungen nur die Hälfte.

Über den Rotzinger haben die Zeitungen auch geschrieben, er ist ein Mörder. Der sitzt bei uns, in U-Haft.

Ich hab mit ihm geredet, weil mich sein Fall interessiert hat. Und er hat mir alles erzählt.

Wissen Sie, das war so bei dem. Der war verheiratet, und seine Gattin, die war also, wie sagt man, die war nymphomännernarrisch. Und jetzt hat er

schon nimmer gwußt, was er mit ihr anfangen soll, alles habn sie schon ausprobiert ghabt.
Dann hat er an eine Illustrierte um Rat geschrieben und da hat dieser Sexualberater, der Dr. Mollmann, der hat ihm geraten, seine Frau und er sollns einmal wie die Katzen machen.
Und dabei ist seine Frau vom Dach gfallen.
Jetzt halten sie ihn für einen Mörder.
Na, meine Frau hätt ich nie aufs Dach kriegt, wie ein Katzerl. Die ist eher wie ein Hunderl. Kaum legen wir uns nieder, rollt sie sich auf die Seite und stellt sich tot.
Auch gut. Ich bin ja eh schon über 20 Jahre verheiratet. Aber wissen Sie, wenn man solchene Hefte anschaut, Sie wissen, welche ich meine, da denke ich mir manchmal, na, also das wäre auch nicht übel.
Interessant, was manche Frauen aushalten. Unfaßbar!
Das ghört ja alles verboten, diese pornographischen Sachen.
So etwas gehört ausgemerzt mit Butz und Steng ... also, das gehört weg!
Richtig ist, daß man solche Leute, die mit sowas handeln, einsperrt.
Wir haben eh so einen bei uns, der hat mit solche Videos ...
Aber uninteressant, weil ich hab leider noch keinen Videorecorder.

Oje, der schreit schon wieder!
Das ist der Sierneder. Unser Amokläufer.
Wissen Sie, was Amok ist?
Nein, das was die ÖVP-Funktionäre so aufgeregt hat, das ist was anderes.
Amok ist ... also ich werd Ihnen die Gschicht vom Sierneder erzählen, dann wissen Sie, was Amok ist.
Also der Sierneder hat eine Zwillingsschwester geheiratet, also eine von zwei. Weil Zwillingsschwestern sind ja immer zwei. Und die andere hat sein Freund geheiratet.
Jetzt haben sie natürlich alles gemeinsam gemacht. Weils ja billiger kommt und weil das ja Zwillingsschwestern waren.
Also gemeinsame Hochzeit, Hochzeitstafel und die Reise.
Am Abend nach der Zwillingstrauung sind sie noch mit dem Flugzeug weggeflogen, nach Ipitscha, dort wo die Noblen ...
Dort im Hotel habns dann noch fein gegessen und dann, wie sie haben wollen auf ihre Zimmer gehen, wegen der Hochzeitsnacht und so weiter ...
... da war auf einmal Streik.
Das haben sie zuerst nicht gewußt, aber sie haben es gemerkt, weil das Licht ist ausgegangen, vom E-Werk.
Stockfinster wars.
Die Zwillingsschwestern haben sich gefürchtet.

Aber die Männer haben sich als richtige Männer benommen, haben jeder seine Frau gepackt und sind auf die Zimmer.

Der Portier hat sie an der Hand, weils ja stockfinster war, zu den Zimmern geführt.

Dem Sierneder seine Frau hat sich besonders stark gefürchtet. Und ist sofort unter die Tuchent. Der Sierneder aber, weil er ein sehr reinlicher Mensch ist, ist zuerst ins Bad getappt und hat sich die Zähne geputzt.

Dann ist er wieder hinausgetappt – und in dem Moment, wo er sich zu seiner jungen Frau ins Bett legen möchte – da ist es auf einmal wieder, da war das Licht wieder da.

Und da sieht er, daß in seinem Bett statt seiner Frau seine Schwägerin liegt.

Der Sierneder erschreckt ganz furchtbar, nimmt seine Schwägerin bei der Hand, und beide rennen zum Zimmer von seinem Freund.

Aber leider, sein Freund hat sich nicht mehr die Zähne geputzt.

Und darauf ist der Sierneder Amok gelaufen. Er wollte alle Gewerkschafter wegen dem Streik umbringen. Deswegen sitzt er jetzt bei uns und wartet auf seinen Prozeß. Aber er hat den besten und teuersten Strafverteidiger, dens gibt. Den zahlt ihm nämlich die Industriellenvereinigung.

Thema Nummer eins

Wo man auch hinkommt in Österreich, überall wird darüber diskutiert, polemisiert und gestritten. Die Meinungsunterschiede polarisieren sich immer mehr.

Da ist jene Gruppe, die stolz bekennt:

»Wir wollten dieses Wetter! Wir stehen dazu! Jetzt erst recht!«

Und da sind die anderen, die ständig betonen:

»Wir haben dieses Wetter von Anfang an abgelehnt! Und das lange bevor sich über uns der Himmel bewölkte und erste Blitze auf uns niederzuckten.«

Wie auch immer, wir müssen nun einmal mit diesem Wetter leben. Gestern habe ich wieder gelesen, daß die Sonnenflecken die Ursache des schlechten Wetters sind.

Da muß man sich fragen, hat denn nicht einmal mehr die Sonne eine weiße Weste?

Damit wir Österreicher aber gegen die Auswirkungen der weiter auf uns zukommenden Gewitterfronten gewappnet sind, hat das Kuratorium für Wetterunsicherheit Richtlinien für den Österreich-

aufenthalt veröffentlicht, welche hier auszugsweise zitiert werden sollen.
Der Drang der Menschen von heute nach Regen scheint unaufhaltsam.
Auch beim sogenannten kleinen Mann sind Regenferien immer mehr erwünscht.
Nur bei den Unverbesserlichen ist Bräune noch gefragt. Diese Sucht nach Bräune geht quer durch alle Parteien und führt leider immer öfter zu Übertreibungen und groben Unvorsichtigkeiten.
Was die Regenfreunde betrifft, so können Dermatologen nicht nachdrücklich genug warnen.
Vom ärztlichen Standpunkt ist Feuchtigkeit nämlich nur dann unbedenklich, wenn man unter einer total trockenen Haut leidet. Menschen mit selbstproduzierten Feuchtbiotopen wie Schwitzhänden oder Schweißfüßen sei ein für allemal gesagt: Meiden Sie das österreichische Klima!
Auf zwei Arten kann es aber auch bei Menschen der Kategorie »extra dry« zu einer Schädigung der Hautoberfläche kommen:
1. Zu langes Liegen in einem urtümlichen alpenländischen Landregen kann bei Morgenfrost zu Erfrierungen an den verschiedensten Weichteilen des Körpers führen.
2. Durch Schimmelpilze, die besonders in den sogenannten Hundstagen außergewöhnlich üppig gedeihen, kann es zu einer Beschleunigung des na-

türlichen Alterungssprozesses der Haut kommen. Dadurch entsteht die sogenannte »faule Haut«, auch »derma beamtis« genannt.
Wichtig ist, daß man sich vor Ferienbeginn über die Wirkung der verschiedenen Regenschutzmittel informiert. Vor allem sollte man den Nässeschutzfaktor, der auf den meisten Präparaten angegeben ist, genauestens beachten.
Für einen Sommerurlaub in den Tiroler Bergen beispielsweise sollte man unbedingt Produkte mit dem Nässeschutzfaktor 13 in Anwendung bringen. Diese haben sich bereits vielfach bewährt.
So bei der Sanierung von romanischen Krypten und der Umwidmung von Aktenarchiven der Finanzämter in strenge Kammern.
Dozent Helidor Sumpfinger vom Korrosionsinstitut der Universitätshautklinik in Regensburg empfiehlt regenhungrigen Touristen, welche Juli/August an den Salzkammergutseen oder bei den Salzburger Festspielen verbringen wollen, sich mit dem üblichen Unterbodenschutz abzusichern. Auch empfiehlt Dozent Sumpfinger Aquadestillataresistentia-Creme nach Professor Feuchtersleben. Er weist darauf hin, daß Professor Feuchtersleben seinerzeit sogar den Duce beim Trockenlegen der Pontinischen Sümpfe beraten hat.
Wer im Sommer die berühmten Tiefdruckgebiete Österreichs erwandern möchte, sollte sich nicht

mit Nordsee-Ölzeug (dem sogenannten Friesennerz) und Gummischaftstiefeln begnügen. Es sei jedem kältestens empfohlen, sich darüber hinaus mit einem Taucheranzug einzudecken. Wobei es eigentlich als Selbstverständlichkeit gelten kann, daß man sich in den ersten Urlaubstagen nur dosiert dem Salzburger Landessegen, als welcher ja der Schnürlregen besungen wird, aussetzen darf. Dozent Sumpfinger empfiehlt zur sorgsamen Gewöhnung für den ersten Tag einen flotten Wolkenbruch. Wassermann-positiv-Menschen genügt ein Strichregen.

Am zweiten Tag wird ein Gewitter angeraten.

Erst nach etwa drei bis vier Tagen ist ein ganztägiger Platzregen unbedenklich zu konsumieren.

Leider gibt es immer wieder Leichtsinnige, die, weil sie nicht genug von der Nässe bekommen können, ohne Skiausrüstung in den Strandbädern herumliegen oder auf Wandermuren kampieren. Nur Kneippianer oder ältere Genießer, die schon Wasser in den Füßen haben, können Überschwemmungen ohne gesundheitliche Schäden tagelang genießen.

Vernünftig geplant, kann also auch für Regenanbeter mit kleiner Brieftasche ein Urlaub in Österreich ein Vergnügen werden. Es kann sich ja nicht jeder Traumziele wie Bombay zur Monsunzeit oder London im November leisten.

Daher setzt die österreichische Fremdenverkehrswirtschaft auf ihren neuen Slogan »Verkühle dich täglich!«
Die Entwicklung der letzten Monate, auch in Hinblick auf die EG, berechtigt zu den schönsten Hoffnungen.
Österreich ist noch lange nicht aus dem Wasser!

Mir bleibt auch nichts erspart

Achtundsechzig Jahre war er Kaiser von Österreich und neunundvierzig Jahre König von Ungarn. Was von ihm geblieben ist, reduziert sich für Republikaner auf jene ungezählten Bauwerke, welche die Initialen F. J. I. tragen und zumeist wahrhaft apostolische Zierden unserer häretischen Welt sind, und die seiner Majestät zugeschriebenen Aussprüche »Es war sehr schön, es hat mich sehr gefreut« und »Mir bleibt auch nichts erspart«.
Die erstere Floskel kann man zwischen historischen Schallplattenrillen krächzen hören und ist demnach, wenn es sich nicht etwa um eine geniale Parodie Ottos des Ostfriesen handelt, allerhöchstwahrscheinlich authentisch.
Das »Mir bleibt auch nichts erspart« ist jedoch durch keinerlei Tonträger belegbar.
Außer man vertraut jenen trüben historischen Quellen, die der Nachwelt etwa weismachen wollen, daß der Adolf regelmäßig in seinen Bettvorleger gebissen und der Staatskanzler Renner heimlich deutschnationale Schnaderhüpferl gesungen habe. Doch solange man mir nicht nachweist, daß

es sich bei der Reichsidee des Konstantin Frantz nur um Tips zur Kapitalvermehrung handelt, halte ich alles für möglich.

Wenn ich außerdem daran denke, wer aller schon unseren guten alten Kaiser als singenden Senilissimus im »Weißen Rössl« verbrochen hat und, viel schlimmer, wenn mir außerdem noch der Nachfolger Ottos des Starnbergers einfällt, dann könnte an dem »Mir bleibt nichts erspart« schon was Wahres dran sein.

Vor dem Bronzestandbild seiner Majestät steht im Kurpark eine schattige Bank.

Dort sitze ich gerne, auf der gußeisernen Seitenlehne aufgestützt, die Beine venenschonend weit von mir gestreckt, wissend, daß Franz Joseph hinter mir, schließe ich dann gerne die Augen und genieße den Frieden der Kurnatur. Das Zwitschern der Vögel, das Zirpen der Grillen, das Plätschern des Brunnens vor der Trinkhalle und ein ausgiebiges sechsgängiges Kurmenü ließen mich neulich auf oberwähnter Bank sanft entschlummern.

Munter wurde ich durch die beiden Damen, die sich neben mir niedergelassen hatten.

Ich blinzelte durch die fast geschlossenen Augen und erkannte, wer da so brutal meine Ruhe störte. Es waren die beiden Damen vom Nachbartisch. Erst heute waren sie angekommen und hatten sich so lautstark miteinander bekannt gemacht, daß ich nun über beide bestens informiert war. Die etwas robust wirkende Schwarzhaarige war Frau Kriemhild Klapatutschnigg, eine Deutschkärtnerin, wie's im Heimatbüchl steht. Die andere hieß Marieluise Habersackl, kam aus Wien-Döbling und ließ sich nur Frau Baumeister rufen.

Die beiden waren in einem intensiven Gespräch über den Finanzminister, der uns allen das sauerverdiente Geld aus der Tasche zieht, als Frau Baumeister meinte:

»Man muß mit derselben Minze zurückzahlen. Wir haben unseren Betrieb über den Winter vier Monat lang geschlossen, da werden alle unsere Arbeiter entlassen und gehen stempeln. Im Frühjahr fangens wieder zum Arbeiten an. So bin ich im Winter offiziell auch immer arbeitslos.«

»Was, Sie sind arbeitslos?« erkundigte sich erstaunt Frau Klapatutschnigg.

»Aber, ich bitt' Sie, meine Liebe, doch nur porforma. Ich bin ja auch nur aus steuerlichen Gründen in unserem Betrieb angemeldet. Aber im Winter könnt ich ja gar net arbeiten, denn da sind wir ja immer in Urlaub. Beispielsweise ...«

Der Redefluß von Frau Baumeister versiegte urplötzlich, denn hinter uns hatte ein Arbeiter der Kurverwaltung damit begonnen, den Kaiser von oben bis unten zu reinigen.

Ohne ihre Stimme zu dämpfen, meinte die Frau

Baumeister nach einer Schreckminute: »Der muß jetzt grad da herumplanschen, wenn wir da sitzen!«

Und Frau Klapatutschnigg sagte: »Sehn Sie denn nicht, das is doch ein Türk oder sonst ein Tschusch. Dieses Gesindel kenn i schon an die fetten Haar!«

Mir schien, als ob der Mann hinter uns für einen Augenblick seine Arbeit unterbrochen hätte, aber da erkundigte sich die Kärntnerin:

»Sie haben gesagt, Sie machen heuer noch eine Reise. Wohin werden Sie denn fahren?«

»Wahrscheinlich machen wir eine Kreuzerfahrt mit der M und S Europa zum Nordkap.«

»Fußball interessiert mich überhaupt nicht. Wann ich wohin schiffe, dann lieber zum Persischen Golf! Ich spiele zwar auch nicht Golf, aber da unten soll es jetzt sehr billig sein.«

»Also in diese arabischen Opiate möcht ich net.«

»Wegen der Perser? Die sind doch gar nicht so arg.«

»Aber nein, ich hab doch nichts gegen Perser. Wir haben das ganze Haus damit voll. Aber ich fahr dort nicht hin, weil dort gibts ja nicht einmal eine Milch.«

»Wieso gibts dort keine Milch?«

»Na, Kuwait.«

»Da haben Sie recht. Aber man kann ja auch nach Tunix fliegen.«

»Ja, das ist mir empfohlen worden. Da solls noch

Araberfrauen geben, die im Harm leben. Sogenannte Basilisken.«

»Ja, ja.«

»Auf die passen diese Verschnittenen auf.«

»Jaa, von denen hab ich schon im Schillernden Blatt gelesen. Diese Aufpasser werden kariert, davon kriegens eine ganz hohe Stimme, zu der sagt man Stilett.«

»Stilett, das kennt man doch.

Ja, dadurch werdens zeugenunfähig, das heißt imposant, und dann sagt man zu ihnen Kuraten.«

»Nein, das is jetzt ein Mißtum, ein Irrverständnis, Frau Baumeister!

Das, was Sie meinen, das heißt Karate. Das ist das, aus dem ma Gold macht.«

»Karate? Verwechseln Sie das nicht mit ...«

»Nein, Frau Baumeister, Sie verwechseln das mit dem Karater. So nennt man das Wesen des Menschen.«

»So? Und was ist dann Charakter?«

»Charakter kenn ich nicht.«

»Aber liebe Frau Klapatutschnigg, Charakter ist ein Wasserfall. Aber den verwechselt man leicht mit einem Katarakt, den hat mein Mann chromatisch.«

»Was hat Ihner Mann?«

»Na, einen chromatischen Brachialkatarakt.«

»Gehn Sie!«

»Ja, er hat ihn sich bei unserer letzten Afrikaseifari

zugezogen, wie wir bei den Zanussis waren. Von der Hitz hat er das kriegt.«
»Von der Hitze?«
»Ja. Wissens, er leidet immer so unter Durst, und da hat er in den Burberry zuviel Eiswürfeln gnommen. Mein Mann ist nämlich auf Eis algerisch.«
»Auf Eis?«
»Ja, er ist überempfindbar auf Eis und auf Schnee. Ich sag Ihnen, der braucht nur eine Skiübertragung im Fernsehen sehn und er hat schon eine Infarktion.«
»Ich hab gar nicht gewußt, daß man sich durch das Fernsehen desinfiszieren kann. Das is ja abscheuerlich!«
»Is es. Is es. Drum bin ich ja da zur Kur. Mich macht sein Husten schrecklich nervinös. Es zahlt eh die Krankenkassa.«
»Ja, Frau Baumeister, ma weiß ja nimmer, wo man hinfahren soll. Ich war ja schon überall. Von der Wüste Mata Hari bis zu den Malendivien. Bali hat mir besonders gut gfallen. Warn Sie schon einmal dort, auf Bali?«
»Nein. Das intressiert mi net, wo die Schuhe erzeugt werden!«
»Südamerika, Frau Baumeister, das müssen Sie sich einmal anschaun! In Chilli war ich! Das hat mich begeistert. Der Präsident von Chilli, dieser General Pinotschio, der hat dort alles im Griff. Dort

gibt es nicht diese Gorillas wie in die anderen lateinischen Länder.«

»Ja, ja.«

»Und dann war ich auch mit einem sogenannten Expedit-Schiff im Qualgebiet der Amazonen. Warn Sie schon einmal dort?«

»Nein.«

»Sind Sie froh. Sehr gefährlich. Dort gibt es nämlich diese scheußlichen kleinen Fischalan, die Tirananas.«

»Also, liebe Frau Klapatutschnigg, jetzt verirren Sie sich. Diese Fische heißen Tiranhass.«

»Tiranhass?«

»Ja, weil sie der Unterwasserdingsda, der Hass, unter Wasser immer so laut angebrüllt hat, bis die Viecherln ganz rabatt geworden sind.«

»Jetzt irren Sie sich, Frau Baumeister!
Das waren die Haifisch, die der angeschrien hat, das hab ich im Fernsehn gesehen. Haie sind das.
Dadurch is ja das jüdische Lied entstanden ›Haie, Haie, Hänschen, er wird schon wieder Jud.‹
Das ist der Hans Hass, der mit dem Schiff Kolapso!«

»Aber nein, was reden Sie da! Der mit dem Schiff ist der Jack Cocteau. Ich hab diese Sendung ja auch gesehen.«

»Aber Frau Baumeister, Cocteau ist doch ein Mixergetränk an der Bar. Wenn wo eine Bar ist, kauf ich mir immer einen, einen Cocteau. Orangenflop heißt mein Lieblingscocteau.«

»Nein, der mit dem Schiff ist der Cocteau!«

Plötzlich ertönte hinter uns eine zaghafte Stimme. Der Arbeiter war mit der Kaiserreinigung fertig und stand hinter der Parkbank. Sein südslawischer Akzent war unüberhörbar.

»Entsuldigen, meine Damen, aber der Jacques Cocteau, der ise eine franzosische Dichter.«

Die Frau Baumeister drehte sich brüsk zur Seite und zischte: »Also, was mischen Sie sich da ein?! Sie hat ja keiner gefragt!«

Und die Frau Klapatutschnigg sprang zornesgerötet auf, so daß man den Eindruck gewinnen konnte, sie wollte dem Arbeiter an die Gurgel. Doch wurde es nur ein verbaler Sturmangriff.

»Wos follt Ihnen eigentli ein?! Wer hot Sie gefrogt?! Sie?! Lernen Sie erst einmol Deitsch, Sie Ausländer, Sie Windischer!!«

Frau Klapatutschnigg nahm die Frau Baumeister an der Hand, und einträchtig strebten die beiden Damen dem Kurhaus zu. Der Arbeiter senkte den Kopf und begab sich zur Reinigung des pompösen Denkmals für die Helden des Zweiten Weltkrieges neben der Kirche.

Der Kaiser am Sockel hinter der Bank glänzte frisch gewaschen in einem dünnen Sonnenstrahl, der durch die alten Platanen drang. Einige Wassertropfen funkelten auf seinem bronzenen Antlitz. Nicht, daß es aussah, als würde der Vielvölkerherrscher weinen, aber er machte den Eindruck, als würde er sich denken: »Mir bleibt auch nichts erspart.«

PS: Im »Weißen Rössl« singt der Kaiser »Ist einmal im Leben so, andern geht es eben so«.
Wie wahr.
Auch seiner Film-Sissy, dem Dreimäderlhaus-Schubert und dem Kugel-Mozart ist nichts erspart geblieben.

Der Mordfall

»Hast du vom Kahlenberg das Land dir rings besehn,
So wirst du, was ich schrieb und was ich bin, verstehn.«

Das ist keine Bestandsaufnahme eines grünen Abgeordneten im österreichischen Parlament. Das ist ein Ausspruch unseres Alpen-Goethe Franz Grillparzer.
Grillparzer war ein Kritiker der Zustände seiner Zeit, und so könnte jener Ausspruch, den Goethe seinen Götz sagen läßt, auch von Grillparzer stammen: »Wo viel Licht ist, ist starker Schatten.«
Und genau mit diesen Schatten, die von Tag zu Tag mehr werden, beschäftigt sich das bekannte Fernsehmagazin »Kreuz- und Querschnitte«.
Ich bin in der glücklichen Lage, Ihnen, sehr verehrte Leser, das Protokoll der letzten Sendefolge dieses TV-Magazins präsentieren zu können.

Nach der KREUZ- UND QUERSCHNITT-Signation erscheint der Moderator auf dem Bildschirm.

Moderator:

Guten Abend.

Wir beschäftigen uns heute ausnahmsweise mit einer ganz aktuellen Angelegenheit, welche laut einer Meldung aus ungewöhnlich informierten Kreisen seit letztem Wochenende den Ministerrat beschäftigt.

Die Konsequenzen dieser unerwarteten Beschäftigung sind noch vollkommen unübersichtlich, wenn nicht, und das ist die brennende Frage der Stunde, der Justizminister eine Weisung weisen wird.

Wir haben für Sie den folgenden Bericht zusammengestellt.

Insert: Panorama von Schmeissleiten.

OFF-Sprecher:

Marktgemeinde Schmeissleiten in Niederösterreich.

748 Menschen und 35 Fremdarbeiter.

Hier besitzen Karl und Josepha Furtzinger ein Einfamilienhaus mit kleinem Vorgarten und großer Hypothek.

Insert: Karl Furtzinger

Karl Furtzinger arbeitet seit zwölf Jahren in der ortsansässigen Zuckerfabrik.

Insert: Josepha Furtzinger

Josepha Furtzinger arbeitet nicht. Sie ist nur Hausfrau.

Insert: Kalenderblatt mit dem 23. Dezember

Am Sonntag, dem 23. Dezember, des vorigen Vorjahres, um exakt 10 Uhr und 4 Minuten, trat Frau Furtzinger aus dem Haus.

Zur gleichen Zeit war in der Kirche des Ortes die 9-Uhr-Messe zu Ende.

Da geschah die furchtbare Tat.

Filmzuspielung: Frau Prameder in ihrer Küche.

Darüber Namensinsert: Klara Prameder, Landwirtin

Reporter:

Frau Prameder, wie war das an diesem Sonntag? Was haben Sie an diesem Sonntag, als das passierte, gemacht?

Klara Prameder:

Ja, das Haus hab i putzt. Des weiß ich ganz sicher, weil i mach immer nur am Sonntag vor Weihnachten das Haus gründlich, weil zu Weihnachten die Verwandten auf Besuch kemman.

Reporter:

Ja, aber dann hörten Sie Schreie vor Ihrem Haus. Was machten Sie dann?

Klara Prameder:

Zum Fenster bin i grennt.

Zuerst hab i glaubt, es is nur schon wieder wer unter einen Traktor kommen, aber ... nein, mit so was Schrecklichen hab ich nicht gerechnet!

Frau Prameder wird von Frau Kickinger zur Seite gedrängt.
Namensinsert: Margarethe Kickinger, Gemeindesekretärin.
Margarethe Kickinger (unter Schluchzen):
Ich hab es mit eigene Augen gesehen.
Es war so furchtbar.
Furchtbar.
Vor allem das Geräusch, dieses furchtbare Geräusch ... das kann ich nie mehr vergessen!
Filmzuspielung: Bürgermeister Reibacher in seinem Büro.
Namensinsert: Clemens Reibacher, Bürgermeister und Abg. z. Landtag
Bürgermeister Reibacher:
Frau Furtzinger war bisher eine angesehene Mitbürgerin unserer Gemeinde. Ihr Mann ist sogar Mitglied unserer Blaskapelle.
Außerdem ist er Gewerkschaftsfunktionär.
Niemand hätte der Frau eine solche Roheit zugetraut. Ich muß mich auf das entschiedenste distanzieren!
Filmzuspielung: der Gemeindearzt in seiner Ordination.
Namensinsert: Dr. med. Jussuf al Hamadi, Gemeindearzt
Dr. Hamadi:
Herr Furtzinge hat gelitten vorige Jahr an eine

minimale Funiculitis, und Frau Furtzinge hat seit viele Jahre eine offene Fuß. Trotzdem ich habe das nicht erwartet.

Filmzuspielung: Herr Hummerl in seinem Fotoatelier.

Namensinsert: Gotthilf Hummerl, Fotograf

Gotthilf Hummerl:

Ich habe den Furtzinger schon lange auf meiner Liste und auch bereits mehrmals angezeigt.

Ich habe ihn beobachtet, wie er in diesem Videoverleih in der Nachbarortschaft den Sexfilm »Fucking im Sturm« ausgeborgt hat.

Das sagt alles, nicht wahr?!

Also diese Familie gehört mitsamt den ganzen Jugos und Kameltreibern aus unserem Land gejagt.

Filmzuspielung: Herr Schwächl, in seiner Gärtnerei.

Namensinsert: Oswald Schwächl, Baumschulbesitzer

Oswald Schwächl:

Für Mörder hab ich kein Mitleid nicht. Aber, ich frage Sie, meine Herrschaften, was wird schon geschehen.

Wenn das Schule macht, dann müßt ich ja glatt meine Firma zusperren!

Also, wenn Sie meine Meinung wissen wollen: keine Milde! Ratzeputz weg damit!

Filmzuspielung: der Gendarm Brimser vor einem gezeichneten Einsatzplan.

Namensinsert: Erich Brimser, Gendarmerieoberinspektor

Gendarm Brimser:

Ich kann Ihnen sagen, wenn ich nicht umgehend telefonisch angerufen hätte und aus Surming Verstärkung angefordert hätte, ich glaube, mir wären denen aufgebrachten Leuten nicht mehr Herr geworden, wie man sagt.

Die haben nur gerufen: Aufhängen! und: Linchen!, das haben sie gerufen.

Das kommt von den brutalen Filmen, was die Leute immer im Fernsehen sich anschauen.

Filmzuspielung: Eduard Klimacek im Gemeindegasthaus.

Namensinsert: Eduard Klimacek, Fabriksarbeiter

Eduard Klimacek (leicht betrunken):

Wanns mi fragen, recht hats ghabt, die Frau vom Furtzinger!

Der hat eh scho lang weghört, der!

Herst, woanders legen sie de der Reihe nach um.

Fragens amoi den Schwächl, den Bülcher!

Bei uns machens wegen dem so a Wasser. Der war do eh verkrüppelt!

Filmzuspielung: Lehrer Slavkovic, in der Klasse 1c.

Namensinsert: Gerfried Slavkovic, Lehrer der örtl. Volksschule

Gerfried Slavkovic:

Sie fragen mich, was ich dazu zu sagen habe? Also ich bin Weltkrieg-Zwo-Teilnehmer, Träger der höchsten Tapferkeitsauszeichnungen, wie zum Beispiel das EK, aber lassen wir das!

Ich sage Ihnen nur so viel, ich habe vieles erlebt da draußen. Andere sind weich geworden, aber ich war hart und bin es geblieben.

Meine Schüler werden Ihnen das bestätigen.

Aber, mein lieber junger Freund, das war sogar mir zuviel!

So eine Brutalität! Diese rohe Gewalt!

Das kann sogar einen Pädagogen wie mich aus der Fassung bringen. Jetzt wird es Zeit, daß endlich durchgegriffen wird. Aber schauen Sie sich doch einmal an, was die Altparteien dagegen tun. Nichts! Hier muß endlich eine starke dritte Kraft her, damit mit dieser undeutschen Verlogenheit endlich Schluß gemacht wird!

Filmzuspielung: Frieda Delfter-Grau, im Büro der IFWKW.

Namensinsert: Frieda Delfter-Grau, Vorsitzende der Initiative für Windkraftwerke

Frieda Delfter-Grau (weint bitterlich):

Es tut mir leid, aber Sie müssen entschuldigen, der Schmerz, dieser Schmerz. Ich habe alle davor gewarnt, aber es ist – geschehen, nie mehr ist das gutzumachen.

Ich frage, was gedenkt die Bundesregierung zu unternehmen?!

Sie werden sehen, nichts geschieht!

Aber die Öffentlichkeit weiß, daß wir da sind!

Mein Fraktionskollege Dr. Fink spricht nun schon seit voriger Woche im Plenum des Niederösterreichischen Landtages, und er wird so lange weiterreden, bis diese Disziplin bei den Olympischen Spielen zugelassen wird!

Filmzuspielung: Karl Furtzinger in seiner Wohnküche.

Namensinsert: Karl Furtzinger, Arbeiter

Reporter:

Herr Furtzinger, Sie sind der Gatte der Täterin. Was können Sie uns über die Tragödie sagen?

Karl Furtzinger:

I habs ja eh wolln zrückhalten, aber sie hat sich nicht lassen.

Sie hat gsagt, diesmal muß es geschehn ... schon wegen dem Geld ...

Reporter:

Na, um so viel Geld geht es ja da gar nicht.

Karl Furtzinger:

Na, hörns, die werden ja jedes Jahr teurer. Und dann, das muaß i schon sagen, hab ich mir denkt, der wird sicher niemand abgehn.

Aber jetzt steht Tag für Tag was drüber in meiner

Zeitung. Da, schauns Ihna des an. Da, des is die heutige Krone.

Da, die Überschrift: Gemeiner Mord in Schmeissleiten! Täterin ohne Reue! Die Krone startet Volkbefragung!

A so a Schand!

Aber redens do mit ihr selber.

Josepha, kimm außer!

Des Fernsehen is da!

Ins Bild kommt nun die Josepha Furtzinger.

Namensinsert: Josepha Furtzinger, Hausfrau

Reporter:

Frau Furtzinger, mit was haben Sie die Tat vollbracht?

Josepha Furtzinger:

Mit was? Mit ana Holzhacken!

Reporter:

Und, sind Sie jetzt ehrlich, Frau Furtzinger, hat er Ihnen nicht leid getan?

Josepha Furtzinger:

Na! Um den war ka Schad net!

Reporter:

Weshalb nicht?

Josepha Furtzinger:

Gehngans, der war do eh so verkrüppelt. So ana wird do eh nimmer grad!

Schauns eahm an!

Frau Furtzinger führt die Kamera zu einem Tisch,

auf dem ein kleiner, dürftig geschmückter, verhutzelter Weihnachtsbaum steht.

Wegen dem Besenstangl sagens, i bin a Baummörderin?!

Umschnitt auf das KREUZ- UND QUERSCHNITTE-Studio und den Moderator.

Moderator:

Das war unsere aktuelle Reportage über den aufsehenerregenden Baummord im niederösterreichischen Schmeissleiten.

Wie Sie wissen, hat sich die Sache äußerst zugespitzt.

Es vergeht kein Tag, an dem uns nicht aus allen Teilen unseres Bundesgebietes alarmierende Anzeigen aus der Bevölkerung erreichen, daß wieder irgendwo ein Unhold Hand an einen Baum oder Strauch gelegt hat.

Der Sozialminister hat verfügt, daß ab sofort der Beruf des Holzfällers verboten wird.

Der Deutschkärntner Abgeordnete Bärnthaler forderte in einer dringlichen Anfrage an den Justizminister die Wiedereinführung der Todesstrafe für baummordende Nichtwaldbesitzer.

Und soeben erreichten uns zwei sensationelle Nachrichten, die diesem Fall eine ganz überraschende Wendung geben könnten.

Die Frau Umweltschutzminister verbot mit heu-

tigem Datum den Gebrauch von Holz in ganz Europa.
Und der Herr Bundespräsident hat seinen fix geplanten Besuch in der Marktgemeinde Schmeissleiten in Frage gestellt.
Im Zusammenhang mit diesem Thema verweist der ORF auf die heutige Diskussion im Club 2 mit dem Titel: »Zahnstocher – Ja oder Nein!«
Guten Abend!

Denk mal, Amt!

Aufgespaßte Erkenntnisse eines Österreichers

Über nichts ist der Mensch so zufrieden wie über sein Wissen. Und je weniger er davon hat, desto zufriedener kann er sein.

Echte Tierschützer essen ihr Wiener Schnitzel nur von human geschlachteten Hormonkälbern.

Arbeit macht Spaß.
Aber immer weniger Menschen können lachen.

Spare in der Schweiz, dann hast du in der Not.

Wirklich beschränkt ist nur der, der nicht imstande ist, sich zu beschränken.

Der Gast ist König.
An diesem Slogan merkt man, daß bei uns die Monarchie schon lange abgeschafft ist.

Mancher Reicher ist so arm gekleidet, wie es sich ein Armer nie leisten könnte.

Das einzige, das man in unserer Gesellschaft ohne Geld machen kann – sind Schulden.

Schauen Sie sich doch einmal an, was Sie so im Laufe des Jahres alles zusammengekauft haben. Und da sagen Sie, daß die Werbung im Fernsehen blödsinnig ist?

Wie alles hat auch das Heiraten sein Gutes und sein Schlechtes. Denn nach der Hochzeit ist man nicht mehr so einsam – aber auch nicht mehr allein.

Sie ist ein Mädchen, das alle begehren.
Von der Mutter hat sie das Schielen, vom Vater die O-Beine und vom Großvater das Vermögen.

Eifersucht ist eine Leidenschaft, die mit Eifer sucht, was Leiden schafft.

Arbeitszeitverkürzung! So etwas Trottelhaftes!
Ich als Pfuscher merk nix davon!

Die späte Ehe des Industriellen war voller Überraschungen. Kaum fühlte er sich im siebenten Himmel, war sie schon im achten Monat schwanger.

Als er klein war, wollte er groß werden, um endlich auch die Zeitungen lesen zu können.

Jetzt liest er die Zeitungen und wird täglich kleiner.

Als sie errechneten, was sie das Begräbnis des Erbonkels kosten würde, begann die Familientrauer.

Man soll den Tag nicht vor dem Abend-TV-Programm loben.

Ich habe einen Gartennachbarn, der läßt mich an der Paneuropaidee immer wieder zweifeln.

Kein Politiker ist vollkommen unnütz.
Er kann immer noch die Regel bestätigen.

Es grenzt schon an Wunder, wie viele Kinder trotz ihrer Lehrer ganz normale und anständige Menschen werden.

Stimmt es eigentlich, daß Karajan die Stadt Salzburg an seine Plattenfirma vererbt hat?

Eine Forderung der Feministinnen ist, daß die Männer den Frauen nicht mehr in den Rücken fallen sollen.
Im Gegenteil.

In den USA kann jeder werden, was er will – oder nicht. In der UdSSR kann jeder werden, was er will – ob er will oder nicht.

Die meisten Mißmacher sind so mies, daß nicht nur die Miesmacher unter den Missen sie nicht vermissen würden.

Das Erfolgsgeheimnis meiner Partei ist: Keiner weiß, was er soll, jeder macht, was er will, und alle machen mit.

Wir kommen immer schneller vorwärts, aber leider nicht weiter.

Leider gibt es Staatsmänner, mit denen wirklich kein Staat zu machen ist.

Als ich die Frau Birnstingl fand

Ein Reisebericht von Alfred Schestak

Tschambo!

Wissen Sie was das heißt? Das ist negeranisch.

Das heißt soviel wie Grüßgottguntagaufwiedersehn.

Praktisch, net, man braucht sich nicht soviel merken. Tschambo gilt für alles.

Ich war nämlich in Afrika.

Das ist so gewesen, meine Frau und ich haben im Fernsehen den Film »Schnee am Kilomandschare« gesehen. Ich wollte mir den Film zuerst gar nicht ansehn, denn ich hab glaubt, das ist wieder so ein blödes Lustspiel aus Italien.

Denn Kilomandschare heißt ja auf italienisch, also auf deutsch, daß einer einen Kilo mandschare, also essen tut.

Aber meine Frau hat gesagt, da spielt der Georgi Peck mit, das ist nämlich der Fan von meiner Frau.

Also wir schaun uns den Film an, und der Film handelt ja in Afrika, wie der Film aus ist, sagt meine Frau zu mir: »Alfred, wann du mir zu unserem sil-

bernen Hochzeitstag eine Freud machen willst, dann fahr mit mir zum Kilomandschare!«
Das ist nämlich ein Berg dort in Afrika. Ein richtiger Berg, mit Schnee oben drauf. Dafür hat ja der Film so geheißen. Das hätt ich auch nie geglaubt, daß die dort in Afrika einen Schnee haben. Aber bitte, man lernt ja nie aus.
Also wie gesagt, meine Frau hat sich gewunschen, daß wir dort unseren 25. Hochzeitstag feiern. Sozusagen die Flitterwochen bei die Neger verbringen.
Ich war zwar nicht begeistert, aber meine Frau war schon am nächsten Tag in einem Reisebüro und hat alles bestellt.
Es war gar nicht so teuer, muß ich sagen. Unser Kärntenurlaub vor vier Jahren hat uns fast auch soviel Geld gekostet, und da haben wir lang nicht soviel erlebt, wie in Afrika, auf der Safari.
Leider hat meine Frau einen unverzeihbaren Fehler gemacht, sie hat unseren Plan der Frau Birnstingl erzählt, und die hat nix anderes zu tun gehabt, als sofort dieselbe Reise zu buchen. Jetzt haben wir unsere silbernen Flitterwochen mit dem Ehepaar Birnstingl verbracht. Sie haben keine Vorstellung, was das heißt!
Sie kennen ja die Birnstingls, unsere Nachbarn.
Na, die kennt ja jeder. Die fallen ja überall auf, wenn die wohin kommen.
Weil die Birnstingl so volumös ist. Er ist ja nur ein

Schatten von ihr. Ich sag Ihnen, wenn die zwei am Sonntagnachmittag miteinander spazieren gehen, schaut das aus, als wenn ihr der Sack aushängen tät. Und die zwei sind also einfach mitgeflogen mit uns. Die waren nicht zum abbeuteln.
Was soll man machen.
Aber meine Frau hat gemeint, wenn wir zu viert fahren, wird alles ein bißl billiger werden.
Dafür wollten wir uns ein gemeinsames Taxi zum Flugplatz nehmen. Aber wie der Taxler die Frau Birnstingl neben uns auf der Straße gesehen hat, ist er gar nicht stehngeblieben, sondern ist gleich weitergefahren.
Wir haben dann telefonisch einen Kleinbus bestellt, der hat uns hingebracht. Dadurch hätten wir fast unseren Flieger versäumt. Aber zum Glück fliegen die Charterflieger nicht so pünktlich weg. Man hat uns das eh erklärt. Wir haben noch sechs Stunden Zeit gehabt.
Im Flugzeug ist leider die Frau Birnstingl neben mir gesessen. Das heißt, beim Fenster ist meine Frau gesessen, dann ich und am Eck die Blade.
Na, die braucht Platz, mein Lieber, ich sags Ihnen.
Ich hab mich überhaupt nicht rühren können.
Dann ist die Stewardesse gekommen und hat zur Frau Birnstingl gesagt:
»Bitte, Surfbretter dürfen nicht im Mittelgang herumliegen!«

Dabei waren das die Füß von der Birnstingl.
Das Essen war sehr anstrengend. Ich eß ja diese Sachen im Flieger sehr gern, das ist so elegant, wie das verpackt ist und so. Nur ich war so eingezwickt. Meine Frau ist ja auch nicht gerade schwach. Also ich hab die Arme nicht in die Höh gebracht.
Erst wie die beiden Damen mit dem Essen fertig waren, hab ich ein bißl mit die Händ auskönnen.
Das war aber auch schlecht, denn dadurch hab ich die Frau Birnstingl beim Kaffeetrinken gestoßen, wodurch jetzt die rechte Seite von meinem neuen Tropensakko ausschaut wie ein Tarnanzug vom Bundesheer.
Er, der Birnstingl, ist hinter uns gesessen und hat nur blöd gelacht.
Beinahe hätte es in der Maschine einen Katastrophenalarm gegeben.
Die Birnstingl war nämlich im Flugzeug am Klosett.
Das ist aber so eng und klein. Niedersetzen hat sie sich noch können, die Birnstingl.
Nur Aufstehn ist nicht mehr gegangen.
Sie war so einzwickt, daß sie sich nicht einen Zentimeter mehr hat rühren können.
Dadurch hat sie auch nicht die Klotüre wieder aufsperren können und ist drinnen eine Stunde eingesperrt gewesen.
Wie dann andere Leute auch aufs WC wollten, war

das ununterbrochen versperrt. Da haben die Stewardessen geglaubt, ein Terrorist hat sich drinnen verbarrikadiert.

Der Co-Pilot hat dann mit gezogenem Revolver das Klo gestürmt. Außerbracht hat er sie auch nicht, obwohl das ein sehr kräftiger Bursch war.

Die Birnstingl hat warten müssen, bis wir in Afrika gelandet sind, dann haben sie sie mit einem Schweißbrenner rausschneiden müssen, die Neger dort.

Das hat ein Aufsehen gemacht. Die Schwarzen haben sich zerwuzelt vor Lachen. Fotografiert haben sies sogar, die Birnstingl. Ein schönes Land, dieses Afrika.

Nur warm. Sehr warm. Und sehr feucht. Einen Luftbefeuchter, so wie wir einen haben, den braucht man dort nicht.

Dafür fegadiert auch alles so stark.

Haben Sie gewußt, daß es dort so viele Bananen gibt, daß die auf jedem Baum wachsen?

Meine Frau und ich, wir haben keine gegessen, weil die haben ja nicht das Tschigitter-Pickerl drauf, und auf das paß ich immer auf.

Also Sachen haben wir zum Essen gekriegt, Sachen, von denen ich mir gar nicht den Namen hab merken können.

So richtige Spezialitäten.

Einmal hat der schwarze Kellner gesagt, der hat

nämlich deutsch gesprochen, daß es heute Tschikken gibt. Hab ich mir gedacht, das ist aber eigenartig, wissen Sie, bei uns sagt man zu halbgerauchten Zigaretten Tschick – aber diese Tschicken haben nach Hendl, also nach Hühner, geschmeckt.

Ein anderes Mal haben wir ein Pfeffersteak bekommen, das hat aber nicht nach Pfeffer, sondern nach Insektenspray geschmeckt und auch so gerochen. Hab ich mich beschwert. Hat der Schwarze gesagt:

»Herr seien froh! Sonst Fliegen drauf!«

Einmal bin ich lang nach meiner Frau und dem Ehepaar Birnstingl zum Essen gekommen, weil ich war am Strand und hab Muscheln gesucht. Und dann hab ich zwei Stunden lang nicht meine große Zehe aus so einer schwarzen Muschel herausgebracht. Das hat weh getan. Die Tränen sind mir nur so heruntergeronnen. Wie ich dann so allein beim Tisch sitz, kommt der schwarze Kellner her, schaut mich an und sagt:

»Herr, möchten Sie haben Kuß Kuß?«

Hab ich gesagt, das mag ich nicht, weil es ist sowieso so warm da.

Und dann haben wir die große Safari zum Kilomandschare gemacht.

Wir haben uns, natürlich mit die Birnstingl, die haben wir ja nicht mehr losgebracht, haben wir uns einen Jeep gemietet. Sie kennen ja sicher solchene Fahrzeuge. Rechts keine Türe, links keine Türe,

oben kein Dach und unten kommst du dir vor, wie wenn du auf einem Esel sitzen tätest.
Eigentlich wollte ich ja nicht so allein, ich meine, ich habe mich ehrlich ein bißl gefürchtet, so allein in der Wildnis herumzufahren. Aber der Birnstingl hat gesagt, ich soll mich nicht lächerlich machen, er weiß sehr gut, was eine Safari ist. Er war ja schon ein paarmal in unserem Gänserdorfer Safaripark. Da ist er auch im eigenen Auto zwischen die Löwen und Affen herumkutschiert, und nix ist ihm passiert.
Der Birnstingl hat sich nur gewundert, wie wir in das Auto eingestiegen sind, daß das Lenkrad auf der falschen Seite war.
Dann, nach dem frontalen Zusammenstoß mit einer Planierraupe, sind wir draufgekommen, daß dort der sogenannte Linksverkehr herrscht.
Ein Pech eben.
Ich bin dann weitergefahren, denn der Birnstingl hat mit dem Gipsfuß nicht mehr Gas geben können.
Dann sind wir in den Busch.
Sie wissen, was ein Busch ist?
Also der Busch ist so was wie unsere Donauauen, nur daß in Afrika die Insekten so groß wie die Schwalben sind.
Aber bitte, wir waren ja gegen alles geimpft. Das haben wir uns schon alles in Österreich stechen lassen.

Gegen die Malaria, gegen das Sumpffieber, gegen Cholera hilft ja am besten Schnaps, nicht wahr ... und dann gegen diese Fliegen, diese tsss, tsss, na gegen diese Beamtenseuche, na ... Tsse-Tsse, Schlafkrankheit, gegen alles sind wir geimpft worden.

Nur nicht gegen Nashörner.

Da is uns nämlich so ein Breitmaulnashorn ...

Kennen Sie die?

Na, das hat man ja schon in der Schule gelernt, die Breitmaulnashörner haben so ein breites, eben eine breites Breitmaul. Und dieses Breitmaulnashorn, dem wir begegnet sind, das muß eifersüchtig auf die Frau Birnstingl gewesen sein, weil die hat ja auch nicht gerade ein Schmollmunderl.

Also das Nashorn ist von der Seite gerannt gekommen und hat mit seinem Nashorn unseren Jeep gerammt.

Uns hats umgedreht, und wir sind hineingeflogen in so einen kleinen See.

Zum Glück waren keine Krokodile da drinnen.

Dafür aber Tausende Blutegeln.

Wir haben eine Stunde gebraucht, bis wir uns die Egeln gegenseitig vom Körper gepflückt haben.

Meine Frau hat gesagt, das ist sehr gesund. Ihre Mutter, also meine Schwiegermama, die geht sogar extra in die Apotheke und holt sich solche Viecher zum Ansetzen.

Diese Egeln sind aber sehr unangenehm.
Der Birnstingl hat gesagt, so etwas ist ihm im Safaripark noch nicht passiert.
Dann hat er aber sofort einen Ausweg gewußt. Er hat gesagt, wir müssen uns einen Arbeitselefanten suchen, der unser Auto wieder aus dem Sumpf zieht.
Aber die Elefanten, die so in der Gegend herumgestanden sind, die haben alle nur blödsinnig geschaut und nichts gemacht.
Nicht ein einziger hat was arbeiten wollen.
Der Birnstingl hat gesagt, die helfen absichtlich nicht, weil, so hat er erzählt, er war einmal mit seiner Frau im Zirkus Busch in der Tierschau, und da ist die Frau Birnstingl, ganz unabsichtlich, einem Elefanten auf die Zehen gestiegen, und das hat sich der Elefant gemerkt. Denn Elefanten merken sich das, wenn man ihnen was antut, das ganze Leben.
So wie meine Schwiegermutter.
Gut, hat meine Frau gesagt, aber wieso haben das die Elefanten da unten in Afrika erfahren, daß die Frau Birnstingl einem Verwandten von ihnen eine Zehe gebrochen hat? Die schreiben sich doch keine Ansichtskarten von Busch zu Busch.
Der Birnstingl hat gemeint, das sind eben die Geheimnisse der Natur.
Dann sind wir eben zu Fuß weiter.

Kein Vergnügen, sag ich Ihnen!
Na, gehn Sie einmal durch die Wildnis mit einem Expeditionsleiter, der einen Gipsfuß hat.
Meine Frau hat sich so gefürchtet vor den Schlangen.
Hat die Birnstingl spitz gesagt: »Keine Schlange beißt die andere!«
Das war natürlich bös gemeint.
Also irgendwie ist mir das ganze vorgekommen wie im Film.
Abenteurerfilm.
Nur im Film sind die Frauen schöner.
Außerdem haben die Frauen im Film immer so eine elegante Dauerwelle, auch wenn es noch so wild zugeht.
Unsere Frauen haben ausgesehen wie diese Rokkerbräute.
Wenn ich nicht so müd gewesen wäre, hätte ich sehr gelacht.
Na, wir gehen so, die Birnstingl haben wir immer vorausgehen lassen, damit sie uns den Weg freimacht.
Auf einmal war da ein Löwe.
Der sieht die Birnstingl und springt auf sie zu.
Die Blade schreit auf und fängt an zum Rennen – und der Löwe hinter ihr nach.
Das muß schon ein sehr alter Löwe gewesen sein, denn er hat sie nicht erwischt.

Die zwei sind immer in einem Kreis um uns herumgrennt.

Ich hab gar nicht gewußt, daß so was Schweres wie die Frau Birnstingl so schnell rennen kann.

Ich habe ihrem Mann zugerufen:

»Helfen Sie ihr doch, Herr Birnstingl!«

Aber er hat gesagt:

»Zuerst fotografier ich!«

Herrliche Dias sind das geworden

Der Birnstingl macht von seiner Frau nur Dias.

Er sagt, es ist so ein großes Vergnügen, wenn er sie an die Wand werfen kann.

Die Birnstingl und der Löwe sind immer weiter von uns weggekommen, bis wir sie überhaupt nicht mehr schreien gehört haben. Darauf hab ich mich erinnert, daß ich einmal als Bub ein Buch gelesen hab, wo ein gewisser Stanley einen Livingstone gefunden hat, und hab mir gesagt, ich werd die Birnstingl auch finden. Also hab ich die Expeditionsleitung übernommen, und wir sind los.

Einmal hab ich schon geglaubt, ich seh sie in einem Wasser schwimmen, aber es war nur ein Nilpferd.

Am Abend sind wir dann hundemüd zu einem sogenannten Negerkral gekommen.

Die Schwarzen haben uns gar nicht gehört, weil die sind alle am Boden gelegen und haben was angebetet.

Das war die Birnstingl.

Dann hat uns der Medizinmann, übrigens ein sehr netter Bursch, hat uns der Medizinmann erzählt, was passiert ist.
Die Blade hat sich nämlich vor dem Kral über eine Wurzel derstessen und ist die Länge und Breite nach hingefallen.
Schon hat sich der Löwe wollen über sie stürzen, da hat er sie erst von der Nähe gesehen, wahrscheinlich war er schon kurzsichtig, der alte Löwe, und da hat er den Schweif eingezogen und ist winselnd vor Angst davongelaufen.
Das haben die Neger gesehen, und so haben sie geglaubt, die Birnstingl ist die Tochter vom Tarzan und seiner Tschita. Also die haben uns sehr freundlich aufgenommen in dem Negerkral.
Ich bin mir vorgekommen, wie beim Urlaub am Bauernhof.
Dem Birnstingl ist vor Aufregung sein Gips geplatzt, und dann hat er einen Fuß gekriegt wie ein Elefant. Ganz dick ist er geworden.
Der Medizinmann hat sich den Fuß angeschaut und hat gesagt, das kriegt er schon hin.
Er ist eine halbe Stunde wie ein Wilder um den Birnstingl herumgetanzt, aber der Fuß ist immer größer geworden. Bald hat er ausgeschaut wie ein Fuß von seiner Frau.
Darauf ist der Medizinmann wieder um ihn herumgehüpft.

Wie dann der Fuß noch immer nicht besser war, hat der Medizinmann gesagt:
»Jetzt tanzen ich noch eine Stunde für Massa. Wenn wieder nix nutzen, dann ich telegrafieren nach die Flugambulanz!«
Das hat er dann gemacht.
Aber die haben geantwortet, sie können erst in ein paar Tagen kommen.
Die haben uns wirklich sehr nett aufgenommen, die Neger dort. Mit dem Essen richten die sich halt nach den Gegebenheiten. Zuerst ist ihnen ein Huhn eingegangen, darauf haben wir gebratenes Huhn zum Essen gehabt. Am nächsten Tag ist eine Ziege draufgegangen, so haben wir Ziegenbraten bekommen.
Am dritten Tag ist ihnen eine Kuh eingegangen, da hat es Rindfleisch gegeben.
Am vierten Tag ist der Dorfälteste gestorben.
Dann sind wir zu Fuß heimgegangen.
Wie wir wieder in Österreich angekommen sind, hat meine Frau gesagt: »Im Film ist Afrika viel schöner. Ob jetzt der Georgi Peck dort ist oder nicht!«

Der Nächste, bitte

Alfred Schestak besucht einen Arzt

Guten Tag!
Wer ist denn vor mir?
Ach so, da muß man sich Nummern nehmen.
Nehm ich mir halt eine Nummer.
Bin neugierig, der Wievielte ich bin.
Nummer 86. Das geht. Einmal war ich schon Nummer 120.
Ach so, der Herr Doktor ist auf Urlaub. Das ist eine Vertretung von ihm.
Hoffentlich net wieder so ein Kameltreiber.
Was?
Na, das letzte Mal hat er einen Perser, oder wars ein Ägypter, als Vertretung gehabt.
Was heißt, er war ein guter Arzt? Guter Arzt. Der war nicht einmal imstand, mich in den Krankenstand zu schreiben, wo ich ihm doch eh gesagt hab, daß ich meinem Bruder bei der Wohnungsrenovierung helfen muß.
Mein Gott, ich hab schon so viel mit Ärzte erlebt, mit meine vielen Krankheiten.

Schauns mich an!
Jetzt hab ich wieder ein geschwollenes Gesicht.
Ich versteh das nicht.
Mit dem Gesicht war ich heute schon beim Dr. Blahutka. Der wohnt vis-à-vis von mir.
Der hat gesagt, ich hab einen Ziegenpeter. Blödsinn!
Ist ja meine Schuld. Warum bin ich zu einem Tierarzt gegangen, nur weil er vis-à-vis wohnt.
Was?
Ziegenpeter ist das gleiche wie Mumps?
Gehns, Mumps kann man doch nur als Kind kriegen.
Was?
Wenn mans als Erwachsener kriegt, kann man impotent werden?
Bei mir ist es halt umgekehrt.
Ich hab halt jetzt erst den Mumps.
Wahrscheinlich ist das nur eine Verkühlung.
Ich bin ja immer verkühlt.
Dabei kenn ich ein hervorragendes Mittel gegen Grippebazillen. Na, passens auf, Sie brauchen nur alle Tag ein paar Zecherln Knofel ... täglich ein paar Zechen Knoflauch, also essen.
Wenn Sie das machen, dann bleiben alle Leut so weit von einem weg, daß man sich nie anstecken kann.
Heut ist ja schon alles ansteckend.

Das kommt vom unsittlichen Lebenswandel von die jungen Leut. Ich meine, auch wir waren, wie wir jung waren, keine Braven, net, aber was heute alles passiert, und dann diese Drogen, schrecklich! Wir haben in unserer Jugend auch kein Rauschgift ghabt.
Ich mein, Räusche hab ma genug ghabt, aber ohne Gift.
Da neulich hat ein so ein Doktor im Fernsehen gesagt, daß das Marihurana, net, dieses Rauschgift, gar nicht gefährlich sein soll.
Bitte, das kann schon sein, aber die Jungen, die nehmen ja alle Haschisch.
Also eines versteh ich überhaupt nicht. Wie kann man Koks zu sich nehmen?
Mir graust schon, wenn ich so eine Tierkohle einnehmen muß, wegen dem Darm, und die nehmen Koks ...
Die Welt ist furchtbar.
Naja, Sie haben ja keine Ahnung, was ich mit Ärzten schon alles erlebt hab.
Vor fünf Jahren war ich bei einem Arzt, der hat festgestellt, weil er mich untersucht hat, daß ich einen Herzfehler habe. Das war ein Schlag für mich, natürlich.
Was?
Sie haben auch einen Herzfehler?
Einen Coronaschaden?

Also der Arzt sagt doch zu mir, ich hab einen Herzfehler.
Sag ich: Hörns, Herr Doktor, ich hab gar nicht gewußt, daß ich einen Herzfehler hab.
Sagt der Doktor: Sind Sie froh, daß Sie das jetzt von mir erfahren haben, denn sonst hätten Sie vielleicht einfach so drauflosgelebt und wären alt geworden, ohne zu wissen, daß Sie eigentlich ein todkranker Mensch sind!
Vorige Woche war ich wie immer in der Psichologischen Therapie, Massagen krieg ich, net, da treff ich den Arzt von damals. Sag ich zu ihm: Herr Doktor, vor fünf Jahren haben Sie zu mir gesagt, daß ich ein todkranker Mensch bin, drauf bin ich zu einem anderen Arzt gegangen, und jetzt bin ich am Herz gesund. Was sagens jetzt dazu?!
Sagt der Doktor: Da wird Sie der Kollege halt falsch behandelt haben!
Ich sag Ihnen, die Ärzte.
Für was verschreibt mir der diese Psichologische Therapie. Zuerst, wie ich gehört hab, ich krieg Massagen, hab ich mir gedacht, das sind solche ... es sind keine Frauen da ... also Sie wissen, wo man überall massiert wird.
Nix war. Mitn eiskalten Wasser tuns mich abspritzen, des nennen die Massage.
Wenn ich nicht müssen tät, ginge ich nie zu einem Arzt.

Aber ich muß ja gehen. Für was hab ich denn meinen Krankenschein? Für was zahlen wir denn die Krankenkassa? Nur damit der Staat das Geld kriegt? Da muß man sozial denken, da muß man eben krank werden.
Glauben Sie, ich setze mich gerne da stundenlang ins Wartezimmer?
Aber so ein Krankenschein verpflichtet.
Außerdem wollen die Apotheker auch leben.
Und auch die Parmazentische Industrie.
Die leistet etwas.
Nur wissen Sie, gegen diese Tierversuche, da bin ich schon dagegen.
Was man mit die armen Viecherln macht, ist ja menschenunwürdig. Bitte, ich kann zwar Ratzen, also diese Rattenviecher, nicht leiden, aber man muß sie ja nicht so quälen.
Das geht ja alles auch humaner.
Beispielsweise mein Arbeitskollege, der Gustl, der veranstaltet immer bei ihm im Garten hinter seinem Haus ein Rattenwettschießen. Na, weil hinter dem Garten, da steht die große Fleischfabrik und da wimmelts natürlich von Ratzen.
Da ladet er so einmal im Monat Kollegen ein, und dann gibts Preise zu gewinnen. Der Nachtwächter von der Fleischfabrik, der schießt nämlich auch mit, dafür bringt er die Preise mit.
Also Stangen Wurst und Salami und so.

Es kommt dann darauf an, wo man diese Ratte trifft, also am Kopf, zwischen die Rippen oder, und dafür gibts den Sonderpreis, wenn es einem gelingt, den Ratzen das Schwanzerl abzuschießen. Das ist immer eine Hetz, eine Gaudi!

Der Gustl, mein Arbeitskollege, ist überhaupt ein Tierliebhaber. Der hat, obwohl er nur in einer kleinen Gemeindewohnung wohnt, hat er zwei Hunde. Riesenviecher. Einen Dobelmann und einen Schäferhund. Die parieren, sag ich Ihnen, aufs Wort.

Bitte, der Gustl ist auch sehr streng mit ihnen, da herrscht Disziplin, die dürfen sich nicht mucksen, sonst ...!

Ja, wir Österreicher sind ein tierliebendes Volk.

Nicht so wie die Italiener, die die Singvögel essen.

Das ist ja brabarisch, das!

Wo sind wir stehengeblieben!

Ja, ja, bei der Parmazentischen Industrie.

Also, ich sag Ihnen, ich habe so viele Pulverln, Pillen, Salben und Tropfen zu Haus, ich könnt mir damit glatt eine eigene Apotheke aufmachen.

Unlängst erst hab ich in unserer Küchenkredenz in einer alten Zuckerdose ein Schachterl Kopfwehpulver aus dem Jahr 1949 gefunden.

Hab ich mir gedacht, das Kopfwehpulver muß man aber jetzt aufbrauchen.

Uije, ich hab noch nie so Kopfweh gehabt, wie nach

dem Pulver. Bitte, man muß sich auskennen mit die Medikamenten.
Mein Nachbar, der Herr Birnstingl, der kennt sich überhaupt nicht aus.
Stellen Sie sich vor, der hat unlängst eine Ischiassalbe mit einem Glaserkitt verwechselt.
Was glauben Sie, was passiert ist?
Na, alle Fensterscheiben sind ihm rausgefallen!
Was? Operiert solln Sie werden? An was denn? Ich bin schon so oft operiert worden ...
Wo werdens denn operiert?
Nein, wo hab ich gefragt. Am Kopf oder am Bauch ...
Aha.
Dort bin ich auch schon operiert worden.
Sie sind sicher nicht so krank, wie ich schon krank war in meinem Leben.
Was?! Na, sagen Sie, was hat man Ihnen denn schon operiert?
Na!
Das ist doch gar nichts.
Da sollten Sie einmal meine Narben sehen!
Soll ich Sie Ihnen zeigen?
Mir kann keiner was vom Operieren erzählen.
Haben Sie schon die Goldene Operationsnadel?
Die kriegt man nach dem 25. Mal.
Darauf arbeite ich hin.
Ich war auch schon bei alle Wunderheiler.

Da war ich bei einem, der schaut einem nur in die Augen und weiß alles.
Na gut, an den Augen des Menschen erkennt man ja auch seinen Charakter, heißt es.
Beispielsweise sehr rechthaberische Menschen haben blaue Augen.
Meistens hinterher!
Hahahaha!
Was haben Sie? Sie haben noch nichts gesagt.
Ah, Sie können nicht reden? Ah so, wegen der Nase.
Hab ich auch schon gehabt, mit der Nase.
Das ist doch eigentlich komisch, daß in so einem Gesicht alles verkehrt ist, bei der Nase.
Die Wurzel ist oben, die Flügel sind unten und der Rücken ist vorne.
Zum Glück sind die Nasenlöcher nicht oben. Das wäre sehr unangenehm, wenns regnet.
Guten Tag, gnä Frau!
Endlich ein weibliches Wesen in dieser Herrenrunde.
Sie kommen nach mir. Sie haben die Nummer 87.
Was fehlt Ihnen denn, gnä Frau?
Aha, eine Allergie.
Hab ich auch. Ich hab gleich ein paar Allergiene.
Was habens?
Heuschnupfen.
Na, da legt man sich halt nicht ins Heu, Gnädigste!
Hahahaha!

Der Birnstingl, mein Nachbar, der hat eine Allergie auf Katzen. Das möcht ich nie haben! Hahaha!
Dafür haben sie sich einen Hund gekauft, die Birnstingl.
Und da sind wir wieder bei die Tiere.
Etwas ganz Schlimmes, das ist die falsche Tierliebe.
Das hab ich bei der Birnstingl gesehen.
Die haben sich also einen Hund gekauft, so einen Tschihi ... tschichihahuhi ... ich merk mir nicht, wie diese Krewegerln heißen.
Und ich sag Ihnen, die Birnstingl hat den Hund immer geküßt. Ja, richtig, so aufs Maul hat sie ihn geküßt. Das ist ungesund! Das kann ja nicht gesund sein. Aufs Maul küssen.
Vorige Woche ist der Hund eingegangen.
Die machen alles falsch, die Birnstingl.
Sie hat ihn gezwungen, ihren Gatten, daß er soll eine Frischzellenkur machen. In Griechenland, weil dort solls besonders billig sein.
Weil das wird von die Hormonenzellen von den Schafen ...
Daher in Griechland billiger.
Er war aber nur in Athen. Dort hats eine Luft, hat er erzählt, er hat nicht schlafen können, denn die ganze Nacht hat er draußen die Vögel husten gehört.
Dann haben sie ihm diese Frischzellen, aber wie er zurückgekommen ist, hat sich herausgestellt, daß

die Schafe keine Auswirkung gehabt haben auf den Birnstingl seine Potenz.
Drauf hat er im Burgenland noch eine solche Kur gemacht.
Da haben sie ihm dann mit Schweinezellen behandelt.
Hat sich aber auch nur eingeringelt.
Guten Tag. Sie haben die Nummer 88 und kommen nach der Dame mit der Nasen dort.
Was fehlt Ihnen?
Aha, einen Katarrh. Na, das hört man sowieso.
Wie bitte?
Ah so, entschuldigen Sie! Ich hab nicht gewußt, daß Sie einen Darmkatarrh haben!
Den hab ich immer!
Immer!
So stark wie ich können Sie gar nicht den Katarrh haben. Ich hab ihn nämlich von die Diäten, die ich immer mach.
Zum Abnehmen.
Zur Zeit mach ich eine Essich-Kur.
Kennen Sie die nicht, die Essich-Kur?
Na, eß ich viel, werd ich dick.
Eß ich wenig, hab i einen Hunger!
Der Herr Doktor da, der jetzt auf Urlaub ist, der hat mich einmal auf eine Schlankheitskur geschickt.
Zum Abnehmen.

Also das war so, wie ich hingekommen bin, hab ich mich gleich in der Turnhalle einfinden müssen.

Bitte, ich war ja vorinformiert, ich hab ja gewußt, was da stattfindet in der Turnhalle, deswegen bin ich ja sehr gern dorthin gefahren.

Mein Automechaniker hat es mir nämlich alles erzählt, der hat nämlich die Kur vor mir gemacht, der Herr Innerbichler.

Er hat mir erzählt, wie das war. Also, er hat sich auch in die Turnhalle begeben müssen. Allein, dann ist eine Tür aufgegangen, und es ist ein sehr fesches, sehr vollbusiges Mädel in so einem enganliegenden Trikot hereingelaufen gekommen.

Und der Arzt hat gesagt: »Laufen Sie ihr nach! Wenn Sie sie erwischen, gehört sie Ihnen!«

Na, der Innerbichler ist gerannt, sag ich Ihnen, der hat in 14 Tagen zehn Kilo abgenommen.

Und bei mir war es dann so.

Ich steh in der Turnhalle in der Turnhose und warte.

Da geht die Türe auf und herein kommt eine ganz dicke, ganz runde Alte mit mindestens 150 Kilo und rennt mir sofort nach. Fast eine Stunde ist die mir nachgerennt.

Dann haben wir alle zwei nicht weitergekonnt.

Hab ich zu dem Kurarzt gesagt: Wieso krieg ich so eine blade Alte und der Herr Innerbichler hat so eine junge Fesche kriegt?!

Hat der Doktor gesagt: Der Herr Innerbichler war Privatpatient. Sie haben nur Kasse!
Seitdem ist mir eigentlich mein Gewicht egal.
Ja, ich weiß, dadurch besteht die Gefahr, daß ich früher stirb. Aber ich habe keine Angst vor dem Sterben.
Denn ich kenne einen Totengräber vom Penzinger Friedhof, der sagt immer: Das Sterben wär nicht so schlimm, wenn man am Tag nach der Beerdigung net immer so schreckliches Kreuzweh hätte!

Um die Sportwurscht

Als Alfred Schestak Werbeträger war

Sie möchten wissen, wieso auf meinem Trainingsanzug vorne und hinten Sportwurst draufgeschrieben ist?
Ich bin Werbeträger.
Das ist so gekommen, der Wamminger ist der größte Wurstfabrikant des Bezirkes.
Also seine Tiroler Speckwurst, die müssen Sie einmal kosten. So eine kriegen Sie nicht einmal in Tirol, so eine fette Wurst. Nur Speck, wunderbar!
Aber in letzter Zeit hat der Wamminger Absatzschwierigkeiten gehabt, denn die Leute heutzutage machen alle Diät.
Niemand will mehr was Fettes essen.
Da ist ihm die Speckwurst hängen geblieben.
So hat der Wamminger seine Wurst umbenannt.
Sie heißt jetzt Sportwurst und hat jetzt ein Attest von einem Doktor, der hat bestätigt, daß, wer diese Wurst ißt, sehr sportlich ist.
Jetzt hat der Wamminger natürlich einen Werbeträ-

ger gesucht, denn ohne Werbeträger tragt ja die Werbung nix.

Da ist er auf mich gekommen, weil erstens kennt er mich von unserem gemeinsamen Stammheurigen, und zweitens meint der Wamminger, daß mir die Leute glauben, daß mir die fette Sportwurst schmecken tut.

Nur daß jetzt die Speckwurst Sportwurst heißt, das war der Haken an der Geschichte.

Denn ich bin von Geburt an unsportlich, aber der Wamminger wollte mich filmen und fotografieren lassen, wie ich beim Sport seine Wurst esse.

Meine Mutter behauptet, ich bin eigentlich von Geburt an schon sportlich, nur leider haben sie mich in der Klinik vertauscht. Und der, mit dem sie mich vertauscht haben, der war eben total unsportlich.

Das bin ich jetzt.

Der einzige Sport, den ich mit Leidenschaft betreibe, ist eine ruhige Kugel schieben.

Meine Mutter glaubt, daß ich ein Italiener bin.

Das glaub ich nicht. Ich bin für einen Italiener zu groß.

Denn man sagt ja, die Italiener sind nur deswegen so klein, weil man ihnen schon als Kind sagt, daß sie hart arbeiten müssen, wenn sie groß sind.

Meine Frau war immer sehr sportlich.

Wie wir uns kennengelernt haben, da wollte sie immer mit mir gemeinsam Sport betreiben.

Nur, müssen Sie wissen, meine Frau ist 1,51 groß – und ich bin 1,85.
Da gäbs nur eine einzige Sportart, die wir gemeinsam betreiben könnten, und das wär Stufenbarren.
Den ersten Streit mit meiner Frau hab ich gehabt, wie sie unbedingt aufs Hochzeitsbild hat wollen.
Sie ist dem Fotografen nämlich immer aus dem Sucher gerutscht. So klein ist sie.
Ja, ich sollte also die verschiedensten Sportarten ausüben.
Dazu hat man mir einen Aufbautrainer engagiert.
Einen Polen.
Der hat einmal einen Weltrekord gemacht, im Hammerwerfen.
Dann hat er auch gleich die Sichel nachgeworfen und ist in den Westen.
Der hat mir dann eine Aufbaukost zusammengestellt.
Nur Kerne sag ich Ihnen.
Kürbiskerne, Sonnenblumenkerne, Zwetschgenkerne ... nur Kerne.
Seitdem bin ich ein Gegner der Kernenergie.
Meine Frau hat von ihm ein Rezeptbuch bekommen, und daraus hat sie mir kochen müssen. Das waren alles nur sogenannte Biorezepte. Hab ich zu meiner Frau gesagt, das schmeckt ja scheußlich.
Hat meine Frau gesagt, das gibt es nicht, denn im Bio-Kochbuch steht: schmeckt ausgezeichnet.

Hab ich gesagt: Herr Trainer, ich halt das nicht mehr aus!
Hat er gesagt, ich soll in mich gehen.
Hab ich gesagt, was heißt, ich soll in mich gehen? Wen treff ich dort schon? Wieder nur mich!
Dann hat er mir gegeben Amma ... Ammapolivka. 14 Tage lang.
Dann bin ich beim Sportarzt gelandet.
Ich hab ihm gesagt: Herr Doktor, immer am Abend wird mir so schlecht, mir brennen die Augen, ich krieg Kopfschmerzen, Bauchweh, Brechreiz ...
Hat der Doktor gesagt, ich soll halt am Abend nicht fernsehen.
Dann hat das harte Training angefangen.
Nach dem Motto von Baron Pierre de Garbardine: Dem Dostigen gehört die Welt!
Mit Schwimmen hats angefangen.
3000 Meter Hürden, oder sowas.
Im letzten Wassergraben bin ich im Kraulen Dritter geworden.
Apropos Schwimmen, da muß ich Ihnen vom Pepi Stotzinger berichten. Der ist nämlich Schwimm-Meister des Burgenlandes geworden. Der Pepi Stotzinger ist aber sehr schlank.
Der Pole hat zu mir gesagt, ich werde schon sehen, durch das Schwimmen werde ich viel Gewicht verlieren.

Dabei hat er die Speckwurst vom Wamminger kiloweis vertilgt.
Beim Schwimmen Gewicht verlieren!
Haben Sie schon einmal ein schlankes Nilpferd gesehen?
Schwimmen ist mir ein viel zu chlorreicher Sport.
Und ich leide an einer Chlorallergie.
Rudern habe ich probiert.
Einer mit Steuermann.
Da sind wir gleich beim ersten Versuch untergegangen.
Dann haben sie mich in einem Fechtclub aufgenommen, weil sie haben gesagt, sie brauchen frisches Blut.
Das war nichts für mich, weil ich kann kein Blut sehen. Und schon gar nicht meines.
Dann war ich bei den Gewichthebern.
Mit Drücken haben wir angefangen, dann Stoßen – und jetzt hab ich das Reißen.
Außerdem hab ich mir dabei die Hand gebrochen.
So einen Gips hab ich bekommen.
Aber der Arzt hat gesagt, wenn der Gips wieder herunten ist, werd ich sogar mit der Hand Klavierspielen können.
Hab ich gesagt, sehr fein, denn vorher hab ich das nämlich nicht können.
Hochsprung hab ich auch probiert.
Aber da hat sich das alte Sprichwort bewahrheitet:

Hochsprung kommt vor dem Fall!
Ich hab mir nämlich auch die zweite Hand gebrochen.
Dann habe ich mit den beiden Gipshanderln das Boxtraining aufgenommen.
Ich war eine Sensation.
Ich habe denen alle Sparringpartner weggeputzt.
Bis mir einer auf den Gips gekommen ist.
Dann haben die keine Rücksicht mehr auf mich genommen.
Der Pole hat gesagt, als Boxer muß man hart im Nehmen sein.
Hab ich gesagt, dann geh ich lieber als Elektriker pfuschen, dabei ist man auch hart im Nehmen.
Dann hab ich das Turmspringen trainiert.
Das schwerste war für mich das Hinaufkommen auf diesen Turm. Eine anstrengende Sache.
Wie ich dann oben war, hab ich brilliert.
Ganz plötzlich hat mich nämlich ein Schwindel erfaßt, und ich hab ungewollt einen achtfachen Auer-Welsbach rückwärts geschraubt vorgeführt. Das haben sie mir nachher erklärt.
Also so viel Wasser hab ich noch nie in meinem Leben getrunken wie in dem Bassin.
Dann hab ich einen trockenen Sport probiert. Tennis.
Wir haben gemischtes Doppel gespielt.
Kennen Sie das? Gemischtes Doppel?

Da können die einen Tennisspielen und die anderen nicht.
Es war sehr raubend für die Kräfte.
Beim Tischtennis ist wenigstens der Schläger nicht so schwer.
Aber Tischtennis spiel ich auch nicht mehr.
Ich hab mich nämlich dauernd verkutzt.
Dann hat der Trainer gesagt, Tischtennis darf man nicht mit offenem Mund spielen.
Dann bin ich auf Leichtathletik umgestiegen.
So leicht war das gar nicht.
Dafür hab ich eine Sportlehrerin bekommen.
Die hat mich ausgebildet.
In rhythmischer Gymnastik.
Ich hab nicht gewußt, daß das so weh tun kann.
In diesem Spagat war ich dann zwei Monate lang eingegipst.
Das war sehr langweilig in dieser Position. Außerdem bin ich nie aus dem Haus gekommen, denn es wollte mich nie jemand mitnehmen im Auto, in dieser Position.
Wer hat schon einen Tieflader.
Es war stinkfad im Dauerspagat.
Leider hat sich der Wamminger in der Zwischenzeit die Sportlehrerin als neuen Werbeträger engagiert.
Weil erstens, hat er gesagt, kann er nicht so lang warten, bis ich wieder meine Beine nebeneinan-

der tun kann, und zweitens muß ja endlich die Werbung angehen.
Dafür die Sportlehrerin.
Ich sag Ihnen, die ist so mager, die muß ihren Schlüpfer mit Hosenträger anziehen.
Der Wamminger hat gesagt, die paßt sehr gut zu seiner fetten Speckwurst.
Jetzt wirbt die für die Wurst, und ich esse sie.
Sie ist auch wirklich herrlich, die ist fast so gut wie die Knofelwurst von meinem Freund Peppino, dem Olympiaschneider. Der ist ein Burgenländer, so wie der Stotzinger, der Schwimm-Meister vom Neusiedler See.
Der Neusiedler See wird auch Meer der Wiener genannt, weil an Sonntagen sind da drinnen mehr Wiener als Wasser.
Schon, es kommen da auch Ausländer hin.
Der Stotzinger hat am Neusiedler See eine wunderschöne Italienerin kennengelernt, der wollte er sofort imponieren und hat ihr gezeigt, wie schnell er von Mörbisch nach Illmitz schwimmen kann.
Dann hat die Italienerin gesagt, sie kann das viel schneller. Und wirklich, sie hat seine Spitzenzeit kräftig unterboten.
Hat der Stotzinger gesagt, das versteht er nicht, weil er ist doch schließlich Schwimm-Meister des Burgenlandes. Drauf hat sie gesagt, sie ist schließlich Callgirl in Venedig.

Dauergewelltes

Alfred Schestaks Erlebnisse als Bademeister

Nicht springen! Nicht springen!
Hallo! Passen Sie doch auf das Kind auf, das sauft uns ja das ganze Wasser aus! Kaufens ihm eine Limo, wenn es einen Durst hat!
Sie dort, gehen Sie mit dem Bügelbrett heraus! Sie können doch nicht im Kinderplanschbecken surfen!
Entschuldigen Sie, aber man hat keine Ruhe.
Ja, ich bin Bademeister, Badewaschel, wie das bei uns heißt. Aushilfsartig nur. Mein Urlaubsjob.
Urlaub kann ich mir keinen mehr leisten. Weil ich hab ja eine Kolaitionsregierung zum Erhalten.
Ehrlich gesagt, wir sparen auf ein neues Auto. Das brauchen wir dringend. Nein, nicht nur so aus Prestige.
Die anderen kaufen sich nur deswegen ein Auto.
Was das Auto anlangt, leben wir ja da in Österreich im größten Wohlstand von der ganzen Welt.
Wir sind nämlich das einzige Land auf der Welt, wo

sich ein Mensch, sobald er sich ein Moped leisten kann, einen 450 SL kauft.
Aber wir brauchen das Auto wirklich dringend.
Unseres ist ja ganz bedient, ich meine, hin, also kaputt. Die Bremsen bremsen nicht, die Scheinwerfer werfen nicht, die Blinker blinken nicht.
Das ist ja unangenehm. Ich sag Ihnen, immer wenn ich die Hand beim Fenster hinaushalte, damit man sieht, daß ich abbiegen will, legt mir regelmäßig wer einen Schilling hinein.
So armselig wirkt der Wagen.
Jetzt arbeite ich da im Bad.
Die haben mich ohne Prüfung genommen, denn wie sie mir die erste Frage gestellt haben, haben sie sich gedacht, sie fragen besser nicht weiter, sonst müssens wieder einen Bademeister annoncieren.
Na bitte, wenn die mich auch als erstes fragen, was ein BH-Wert ist.
Mein Vorgänger, der jetzt im Spital liegt, der dürfte viel davon verstanden haben. Der hat nämlich am Abend vor dem Zusperren bei den Umkleidekabinen um die Ehre einer schönen Badenixe gekämpft.
Sein Pech, ihr Freund wollte, daß sie sie behaltet.
Jetzt bin ich sein Nachfolger, bis er den Kieferbruch wieder eingerenkt hat.
Ich kann zwar nicht schwimmen, aber dafür hab

ich ja immer meinen Schwimmgürtel mit. Angewachsen.
Dadurch kann ich nicht untergehen.
Nicht springen! Nicht springen, hab ich gesagt!
Die folgen nicht, die Gfraßter!
Aufhören! Auf der Ruhewiese darf nicht Fußball gespielt werden!
Dabei, ich bin ein Fußballfan.
Aber seit diese Rowdys am Fußballplatz sind, schau ich mir die Spiele nur mehr im Fernsehen an.
Ist mir zu gefährlich.
Na, schaun Sie, voriges Jahr war ich mit meiner Frau in Rom.
Da gibt es mitten in der Stadt so ein riesiges Fußballstadion, na, und da haben wir gesehen, wie diese Rowdys das zugerichtet haben, das Kolosseum.
Aber meine Frau will ja nicht einmal, daß ich mir die Matches im Fernsehen anschau.
Wenn ich so ein paar Stunden sitze und zuschaue, ist ihr das nicht recht.
Aber ich lasse mir von meiner Frau überhaupt nichts gefallen. Wenn meine Frau mit mir zum Streiten anfangen will, sage ich nur einmal »Ruhe!«, und ich bin ruhig.
Nicht springen! Nicht springen!
Zum Glück hab ich dieses Megnatophon zum Rufen. Wenn ich das nicht hätte, ich möcht in einem Tag meine Stimme verlieren.

Natürlich wäre ich lieber in den Ferien irgendwo hingefahren. Meine Frau will nur in den Süden. Dabei ist es in Tirol auch schön. Die haben jetzt im Juli schon wieder Hochsaison. Dort kann man schon bis ins Tal skilaufen.
Meine Frau war bös, weil wir nicht nach Italien sind, gejammert hat sie: Warum hab ich dich geheiratet? Ich hätte Männer haben können, die mich auf Händen getragen hätten!
Hab ich gesagt, dann hättest einen Hubstapler heiraten müssen!
Und sie hat geweint: Einen Beamten hätt ich kriegen können!
Einen Beamten, auch schon was!
Ja, hats gesagt, die Beamten sind die Träger unseres Staates!
Ja, einer träger als der andere.
So einer ginge nicht da her als Badewaschl.
Glauben Sie, das ist ein Vergnügen da den ganzen Tag?
Dauernd wird man mit Wasser angespritzt. Ja, wenn ich drüben im Damensonnenbad arbeiten könnte, mit Sonnenöl einreiben und Aufguß machen und so, aber da, da sitz ich nur den ganzen Tag blöd herum.
Nicht springen! Hee, nicht springen!
Uijee.
Na ja, ist ja selber schuld, wenn er nicht sieht, daß kein Wasser drinnen ist.

Jetzt werd ich wieder Scherereien haben.
Nein, der kommt schon wieder heraus aus dem Becken. Der macht das, glaub ich, zur Abhärtung. Vielleicht hat er auch eine Frau wie ich, von der er immer eine auf den Deckel kriegt.
Ich krieg immer.
Gestern abend hab ich sie ausgeführt, meine Frau. In ein italienisches Restaurant. Damit sie ein bißl das Gefühl hat, sie ist im Süden und so.
Wollten wir eine Pizza essen, aber der Ober hat gesagt, der Ofen streikt. Na ja, die Italiener streiken ja ununterbrochen. Dann hat er uns etwas auf der Speisckarte empfohlen, hat er gesagt, das ist das Beste, was er uns anbieten kann.
Hat meine Frau sofort gesagt, das will sie.
Dann haben wir einen Teller von diese grauslichen Viecher bekommen, die so ausschaun wie die, auf die man am Strand immer draufsteigt, und dann zwickens.
So Quappen, net. Mit ganz dicke Schalen.
Der Ober hat gesagt, die bekommen sie jeden Tag frisch geölt aus dem Hafen von Triest. Und dann hat er uns so eine große Schüssel dazu gebracht, da war eine Flüssigkeit drinnen und Zitronenscheiben. Das hat aber wie Wasser geschmeckt.
Meine Frau hat gesagt, das ist ja überhaupt nicht gewürzt.
Sag ich, sei ruhig, vielleicht gehört das so.

Aber sie, weil sie sich immer wichtig machen muß, hat den Ober gerufen und hat gefragt: Was ist das? Das schmeckt ja nach nix!
Da hat der Ober gesagt: Das ist zum Händewaschen!
Hab ich zu meiner Frau gesagt: Siehst du, auf ein blöde Frage kriegt man ein blöde Antwort!
Sie dort! Sind Sie wahnsinnig?!
Passen Sie auf den Buben auf!
Der hat ja schon wieder ins Bassin hineingepinkelt!
Was heißt, das macht ein jeder?!
Aber doch nicht vom Dreimeterbrett!

Aus Professor K. Lauers Sprichwörterbuch

Amerika, du hast es besser
sagte Goethe, denn er lebte schon vor 200 Jahren.

Angriff ist die beste Verteidigung
sagte der Verteidigungsminister und überfiel den Nachbarstaat.

Ehen werden im Himmel geschlossen
sagte der Junggeselle und verschob seine Verheiratung um 100 Jahre.

Der brave Mann denkt an sich selbst zuletzt
sagte sich der brave General und musterte für die Front.

Bildung macht frei
sagte der Gefängnisdirektor und legte in jede Zelle ein Lexikon.

Neue Besen kehren gut
sagte der Reformer und übersah, daß es Staubsauger gibt.

Adel verpflichtet
sagte der Graf und trat seinen Butler in den Arsch.

Dafür leg ich die Hand ins Feuer
sagte der Vorsitzende des Aufsichtsrates und streifte Asbesthandschuhe über.

Das ist die Creme der Gesellschaft
schrieb der Gesellschaftsreporter und meinte das Süßliche, Fette und Geile.

Handwerk hat goldenen Boden
sagte der Modemaler und wies auf die Fliesen seines Ateliers.

Ihr wißt, auf unsern deutschen Bühnen probiert ein jeder, was er mag
sagte Goethe, obwohl er schon vor 200 Jahren lebte.

Was der Bauer net kennt, des frißt er net
sagte der Lebensmittelimporteur und vergiftete die Großstädter.

Gemeinnutz geht vor Eigennutz
sagte der Playboy und schlief mit der Frau des Nachbarn.

Das Auge des Gesetzes wacht
sagte der Polizist und schloß die seinen.

Das ist meine bessere Hälfte
sagte der Liebhaber und wies entschuldigend auf seinen Oberkörper.

Steh nicht wie ein Ölgötze da
sagte ein Emir zum anderen, und dieser setzte sich.

Denn viele sind auserwählt, aber wenige sind berufen
sagte der Wähler, nachdem er eine Parlamentsdebatte gesehen hatte.

Ruhe ist die erste Bürgerpflicht
sagte der Junta-Chef und blickte zufrieden auf die frischen Gräber.

Wien bleibt Wien
grölte der Heurigensänger, und der Rathausbeamte trank zufrieden das nächste Viertel.

Erzähle mir die Vergangenheit, und ich werde die Zukunft erkennen
sagte der junge Österreicher zu seinem Vater und erbrach sich.

Ausnahmen bestätigen die Regel
beruhigte sich das Mädchen und vergaß nie mehr,
die Pille zu nehmen.

Ich nehme mir kein Blatt vor den Mund
sagte Eva und tat sichs woanders hin.

Aus der Waldheimat

Der Hof des Waldbauern liegt im Schatten des herrlichen Spätsommertages.
Die kantigen Spitzen des hohen Gebirgszuges im Hintergrund sind schon seit Wochen mit Schnee bedeckt.
Duftend grün reicht der dichte Wald bis an die Hinterseite des schmucken Bauernhofes heran.
Das Wasser des schmalen Baches neben dem Haus springt munter über die großen runden Steine, die wie Spielzeug herumliegen.
Auf der Bank vor dem üppig mit Blumen geschmückten Fenster zur guten Stube des prächtigen Hauses sitzen zwei alte Männer und schmauchen ihr Pfeifchen.
Ein großer Hund liegt zu Füßen des einen Alten, der immer wieder tätschelnd nach dem rotbraunen Fell greift.
Aus dem Haus hört man die beliebte Radiosendung »Aus der Waldheimat«, eben singen die Original Leberschadinger Buam das Lied vom Mutterglück.

»Die Mutter weint ums liebe Kind,
das ihr vertrieben hat der Wind.
Die Träne fließt, sie seufzet schwer.
Seh ich mein Kind nun nimmermehr?
Doch erscheint am Wiesenrand
ein Mensch, der ihr so wohlbekannt.
Das Kind ist jetzt ein großer Mann,
der sie so fest umarmen kann.
Oh, Mutter, liebes Mütterlein,
ich will für immer bei dir sein!
Oh, Mutter, liebes Mütterlein,
ich will für immer bei dir sein!«

Da meint der eine Alte:

»Schön, net?«

»Ja, sehr schön.«

»Das Schönste is do allaweil no die Heimatmusik!«

»Ja, des is des Schönste.«

Drinnen im Haus ist die Sendung »Aus der Waldheimat« zu Ende gegangen, es folgen die Nachrichten.

Irgendwer macht das Radio aus.

Nur das Glucksen und Plätschern des Baches ersetzt die Musik.

Ein etwa zwölfjähriges Mädchen in einem malerisch mehrfach geflickten Kittel schleppt ein riesiges Bündel Holz den Berg herauf.

Der eine Alte nimmt seine Pfeife aus dem Mund und murmelt:

»Du, Jokl.«

»Ja.«
»Siachst du des Dirndl da unten?«
»Ja, des siach i.«
»De schleppt aber.«
»Ja, de schleppt.«
»Aber recht mager is, des Dirndl.«
»Ja, recht mager is.«
»Aber schleppen tuats.«
»Ja, schleppen tuats.«
»Des Holz is ja recht schwar.«
»Ja, des ist recht schwar, des Holz.«
»Zaundürr is, des Diandl.«
»Ja, zaundürr.«
»De müassat halt mehr essen.«
»Ja, mehr essen müassats.«
»Dann wars net so mager.«
»Ja, dann wars net so mager.«
»Des is ja no a Kind, des.«
»Ja, des is noch a Kind.«
»Und a Kind muaß allweil guat essen.«
»Ja, des muaß.«
»Worum gebts es dem Kind net mehra zsessen?«
»Des is ja net unser Kind.«
»Ah so.«
»Ja, ja.«
»Du, Jokl.«
»Ja.«
»Des Kind.«

»Ja.«
»Warum isn des da?«
»I woaß net.«
»Ah, ghörts net zu euch?«
»Na.«
»Zu wem ghörtsn nacha?«
»Des woaß i net. Wir habns nur in der Pfleg.«

Das Gegendenkmal

Ein Bericht der AWPA (Austria Wein-Presse Agentur)

Nachdem 1988 die Auseinandersetzungen um das Denkmal gegen Krieg und Faschismus vor der Wiener Albertina weltweit bis über die Grenzen Österreichs Aufsehen erregten, bildete sich umgehend ein Impertinentenkomitee zur Schaffung eines Gegendenkmals.
Bei der Gründungsversammlung wurde mit absoluter Mehrheit beschlossen, daß es sich dabei um ein Nationaldenkmal handeln soll.
Nun steht auch fest, was auf diesem Monument zur Darstellung kommt.
Das Denkmal wird eine dicke Frau zeigen, welche auf allen vieren dahinkriecht. Auf diesem Weib reiten zwei lachende Männer. Der beauftragte Bildhauer Gottlieb Klumpatscheck (seine Hauptwerke sind das Kriegerdenkmal in Gestrigendorf, die Büste von Bundesrat Debbenschakel im Weinkeller der Hochschule für Säufer und Deliranten und die beiden ballspielenden Pinguine im Hof des Gemeindehauses am Wiener Strawanzerplatz, vor der

Fertigstellung ist eine lebensgroße Darstellung des Anderl von Rinn für die neue Pharisäerkirche in Küng) erklärt seinen Entwurf folgendermaßen:

»Also unten ist dieses fette Weib, das ich Frau Pollak nennen möchte. Eine Witzfigur, nicht wahr. Sie symbolisiert den gesunden Humor der Österreicher. Denn dieses Denkmal soll ja der ganzen Welt die einmalige Mentalität des österreichischen Menschen dokumentieren. Wer dieses Denkmal sehen wird, wird lachen müssen. Und was wollen wir mehr, als daß die Welt wieder über uns lacht. Zu lange schon hat man uns todernst genommen.

Die beiden Herren, die auf der Dicken reiten, sind ganz wichtige österreichische Nationalsymbole, weil dabei handelt es sich um den Grafen Bobby und den Grafen Mucky.

Da ich nur sehr kurze Zeit zum Nachdenken gehabt habe, weiß ich beispielsweise noch nicht, ob der Graf Bobby in seiner Hand die österreichische Fahne, einen Jagdstutzen oder ein Weinglas haben wird. Der Graf Mucky jedenfalls wird eine Reitpeitsche in der Hand haben, weil es doch schon in unserer Mythologie heißt: ›Wenn du zum Weibe reitest, vergiß die Peitsche nicht.‹

Rund um den Marmorsockel aus Euratsfelder Granit wird man auf einem bronzenen Spruchband lesen können: TU FELIX AUSTRIA NUDOS, was soviel heißt wie, daß hier die ungeschminkte Wahrheit zu sehen ist.«

Soweit der Bildhauer Klumpatschek, und hier die Kurzbiographien der beiden Hauptfiguren des Gegendenkmales.

Graf Bobbys Vater, Benedek von Hülyeség, war Deutschungar. Seine Mutter war eine geborene Freigräfin von Čemerka aus Novy Prdalow in Deutschböhmen.

Bobbys Onkel, Graf Wendelin, im übrigen Erfinder der sogenannten Doppelwendelinlampe, war der engste Berater Napoleons. Er war es, der Bonaparte den folgenschweren Rat gab, die Hand in die Weste zu stecken, weil es doch für einen Kaiser der Franzosen nicht gut aussieht, wenn ihm etwas herunterhängt.

Graf Bobbys Tante Roswitha von Prdalow war engste Vertraute der Kaiserin Maria Theresia. Sie unterwies die Herrscherin in Geburtenkontrolle.

Graf Bobby selbst war ein Wunderkind, denn als er zur Welt kam und die Hebamme seiner ansichtig wurde, rief sie, weil sie ja die Eltern kannte, überrascht aus: »Welch ein Wunder, ein Kind!«

Mit acht Jahren konnte der kleine Robert, zum Erstaunen des gesamten Schlosses und seiner Bewohner, schon »Prost!« sagen, und an seinem zehnten Geburtstag hatte er seine erste Alkoholvergiftung, wobei er im Delirium ununterbrochen nur

»Lang lebe Franz I.!« gerufen haben soll. Historiker schließen daraus auf seherische Fähigkeiten des Kindes Bobby, denn weder von Franz Vranitzky noch Franz Antel, geschweige denn von Franzi Heller konnte der Bub damals etwas gehört haben, war er doch bis zu seinem 15. Lebensjahr nie aus Böhmens Hain und Flur herausgekommen.

Dann kam er aber in ein Internat für höhere Töchter in Zug in der Schweiz. Drei Jahre blieb er in Zug, was, wie Prof. Schwingshackel von der Universitätsklinik in Trübing am Tauber erklärt, der Grund für Bobbys Schwerhörigkeit gewesen sein kann.

1895 inskribierte er an sämtlichen Fakultäten der Grazer Uni, was ihm so richtig den Schmiß und seinem Leben den einzig richtigen, weil rechten Weg zeichnete.

Über Graf Mucky, die zweite reitende Figur auf dem neuen Denkmal, weiß man erstaunlich wenig. Nur so viel, daß er mit vollem Namen Mucky, Graff von Würgerich, Edler von Braunsberg und Hödlham hieß und als Kind einer außerehelichen Verbindung von Ludendorff mit Ganghofer gilt.

Graf Mucky gehörte der Schönerer-Bewegung an, sagte sich dadurch von Rom los, siedelte sich in Südtirol an, wo er als Weiberheld und Welschenhasser bald allgemeine Beliebtheit erlangte. Nach ihm werden heute noch alle aufrechten Gegner des Südtirol-Paketes Bumser genannt.

Das neue Gegendenkmal wird natürlich in der österreichischen Öffentlichkeit diskutiert. Hier sind die ersten Stellungnahmen aus Politik, Wissenschaft und Kunst.

Die »Liga gegen entartete Architektur und Kunst«:
»Dieses Denkmal ist ein Triumph des Willens.«

Der Generalsekretär der ÖVP-Bundesbündler:
»Dieses Gegendenkmal versinnbildlicht unsere Heimat, wie sie wirklich ist.«

Der Altpräsident der »Jüngeren Generation in der SPÖ«:
»Wir sind prinzipiell dagegen, daß wir immer dafür sein sollen, deswegen sind wir dafür, daß wir dagegen sind.«

Der Geheime Rat der »Schönbrunnergelben«:
»Prinzipiell begrüßen wir, daß hier zwei Männer von Adel dargestellt werden. Aber wenn schon, weshalb läßt man nicht gleich unsere Majestät reiten?«

John Seicherl, Kunstfachmann:
»Gottlieb Klumpatschek ist völlig ungeeignet für so ein Denkmal. Außerdem stellt er nie in meiner Galerie aus.«

Der Österreichische Vizekanzler:
»Ich warne vor einer Entwicklung, die vielleicht nicht mehr zu bremsen sein wird. Was ist, wenn jetzt erst recht jede österreichische Gemeinde für sich so ein Denkmal verlangt?«

Der Österreichische Bundeskanzler:
»Ich sehe darin überhaupt kein Problem. Da gibt es diese Leute, die dieses Denkmal haben wollten. Jetzt haben sie's. Jedenfalls ist die Koalition dadurch nicht gefährdet.«

Der Wiener Bürgermeister:
»Sie kennen mich. Ich sage Ihnen ganz unbeeinflußt, ich werde mich nicht abhalten lassen, dieses Denkmal zu eröffnen. Warum, frage ich Sie, sollte ich gerade an diesem Tag nichts eröffnen?!«

Der Wiener Vizebürgermeister ohne Portefeuille:
»Da man bis jetzt noch nicht weiß, wo dieses Denkmal aufgestellt werden soll, fordere ich, daß es woanders aufgestellt wird.«

Josef Ableger, Chefredakteur der Tageszeitung »Volksstumme«:
»Wir Kommunisten lehnen jeglichen Personenkult im Westen ab. Außerdem haben wir hier in Österreich ganz andere Sorgen. Wenn Sie bedenken, daß

in der Sowjetunion schon Hunderttausende Werktätige das Parteibuch der KP haben, frage ich Sie, wie viele haben es in Österreich?«

Jokaste Hubinal, zweite Bundesministerpräsidentin der feministischen Frauen:
»Immer nur Mann, Mann, Mann! Wir fordern mehr Frau!
Denn wir haben das Fraudat, der Öffentlichkeit unser Frauifest bekanntzugeben. Darin verlangen wir ein Denkmal wie im bundesdeutschen Frauheim. Dieses wurde nämlich von einer Bildhauerin aus der Fraudschurei gestaltet. Es stellt ein Frauequin dar, das neben einem fraugofressenden Fraudrill-Äffchen auf einem Fraudelbaum sitzt und Fraudoline spielt. Also zwei weibliche Wesen auf einem Denkmal. Hier ist es nur eines, deshalb verlangen wir, daß bei uns noch eine zweite Frau Pollak dazukommt!«

Fridolin Gegen, Pensionist:
»Mich hat niemand um Erlaubnis gefragt. Was ist das für ein Gegendenkmal ohne mich?«

Sektionsrat Dr. Dr. Dipl.-Ing. Ärm L. Schoner, Sprecher des Wissenschaftsministers:
»Laut Paragraph 697/B 36–22, Absatz 30.119, kommt der Paragraph 442/W 88, Absatz 434.006,

zur Anwendung. Und das im Interesse von Wissenschaft und Kunst.«

Das FPÖ-Reichspressegauamt:
»Dieses Denkmal ist typisch für die Altparteien. Dieses Denkmal brauchen wir überhaupt nicht. Wir haben ja schon eines im Teutoburger Wald.«

Uralt-Bundeskanzler Bruno Kreisky:
»Dazu sag ich überhaupt nix, ja.
Wie ich dem Viktor Adler geraten hab, er soll die SPÖ gründen, hat er gezögert, worauf ich dem Churchill, da war er ja noch ein Labour-Mann, also ein Roter, ja, dem habe ich gesagt, er muß England verteidigen, ja, aber ich äußere mich nicht zu solchen Sachen heute, da schweige ich, net wahr, dem Gorbatschow hab ich nur gesagt, er muß aufpassen mit der Perestroika, weil mein Freund Karl Marx ... aber mehr will ich zu der Problematik nicht sagen, ja.«

In einer dringlichen Sitzung der Österreichischen Journalistengeselligkeit wurde heute eine Resolution beschlossen, welche nun über die Fernschreiber der Welt rattert. Darin heißt es:
»Nachdem man nun wieder ein Denkmal errichten möchte, ohne dabei Bruno Kreisky zu berücksichtigen, fordert die Österreichische Journalistengesel-

ligkeit, daß man dem österreichischen Journalistenkaiser Kreisky wenigstens ein verbales Denkmal stiftet, weil dieses auch seiner Wesensart am besten entsprechen würde.
Das heißt, wir fordern, daß in Zukunft die Kaisersemmeln Kreiskysemmeln, die Kaiserbirnen Kreiskybirnen, das Kaiserfleisch Kreiskyfleisch, der Kaiserwalzer Kreiskywalzer und die zahlreichen Kaiser-Jubiläums-Theater Kreisky-Brunoläums-Theater heißen sollen. Nur der Kaiserschmarren soll weiter Kaiserschmarren heißen.«

Jeder zweite Wiener

Ich weiß nicht, ob es stimmt.
Aber mindestens seit dem Jahre 1988 hält sich das Gerücht, daß angeblich jeder zweite Wiener ein Deutscher sein soll.
Also ein Deutscher im Sinne von Deutsch.
Nicht Angehöriger der BRD oder der DDR, nein, ein Deutscher durch die Sprache.
Auch die Schweizer sind Deutsche durch die Sprache, außer sie sprechen italienisch oder französisch oder rätoromanisch, dann sind sie Undeutsche.
Ein Undeutscher darf aber ein Deutscher sein, wenn er sich mit allem zum Deutschen bekennt.
Mein Großvater war so ein Deutscher.
Er kam in der zweiten Hälfte des vorigen Jahrhunderts aus Böhmen nach Wien.
Daheim in Böhmen hieß er noch Dvořák, aber als er in der deutschen Stadt Wien sein Glück versuchte, legte er sich einen deutschen Familiennamen zu. Also bekannte er sich öffentlich als Deutscher und nannte sich von da an Dvorak.

Der Unterschied, so Sie ihn nicht bemerkt haben, liegt am Háček.
Ach so, Sie wissen nicht, was ein Háček ... also, ein Háček ist ein Hakerl oder, um es deutsch auszudrücken, ein Häkchen. Dieses Häkchen auf dem R macht aus dem R ein RSCH.
Deswegen heiße auch ich heute nicht wie mein musikalischer Ururonkel Dvořák, sondern deutsch Dvorak.
Der gute Onkel Antonin, der war kein Deutscher, denn er starb, bevor das Protektorat einen aus ihm gemacht hätte.
Also wenn ich jetzt von meinem Großvater ausgehe, dann könnte es schon stimmen, daß jeder zweite Wiener ein Deutscher ist.
Zu diesem Thema habe ich vor vielen Jahren ein Lied geschrieben. Die sogenannte »Germanenpolka«.
Nun habe ich dieses Opus überarbeitet, auf den aktuellen Stand gebracht und nenne es nun:

Die neue Germanenpolka

Der Vranitzky,
der Androsch,
der Lacina,
der Sinowatz.
Der Blecha

und der Löschnak,
die Dohnal
und die Hawlicek.

Der Kukacka,
der Klestil,
der Karas
und die Korosec.
Der Lichal
und der Busek,
die Prokop
und die Hubinek.

Der Portisch
und der Dragon,
der Broukal
und der Novotny.
Der Urban
und der Twaroch,
der Voska
und der Pelinka.

Die Ingrisch
und der Henisch,
der Jandl
und der Kobalek.
Die Jelinek,
der Pevny,

mit Molny, Pluch
und Zusanek.

Der Hrdlicka,
der Korab,
und Luby, Breicha,
Matejcek.
Der Sokol
und der Mikl,
der Nitsch, der Brus,
der Prachensky.

Der Lauda
und der Starek
und Sara, Latzke,
Prohaska.
Der Zadrobilek
und der Zcak,
der Konsel
und der Podgorsky.

Der Czerwenka,
der Hodina,
der Minich
und der Holecek.
Der Fendrich
und der Ambros
und Gulda, Zykan,
Zawinul.

Die Papouschek,
die Wessely,
die Pluhar
und die Janowitz.
Die Tobisch
und die Kales,
die Steinsky
und die Rysanek.

Der Prikopa,
der Sobotka,
der Pekny
und der Marecek.
Der Tolar
und der Sowinetz
und Morak, Dvorak,
Vitasek.

Der Schimanko,
der Wegrostek,
der Lewinsky,
der Sekyra.
Der Wlaschek
und der Haschek,
der Swarovsky,
der Maculan.

Der Verzetnitsch,
der Krejci,

der Benya
und der Maleta.
Der Zilk, der Cap
und Tuppy, Taus,
der Kreisky
und der Watzlawik.

Gastarbeiter raus?

Waschzettel für Reinwäscher und Verschmutzer

Laut Brockhaus ist ein Waschzettel die vom Verleger ausgegebene Darstellung des Inhalts eines Buches.

Der Adressat eines solchen Waschzettels ist die Presse, genauer gesagt, der vom Chefredakteur einer Zeitung delegierte Buchbesprecher, welcher wiederum bei erstklassigen Zeitungen ein germanistisch gebildeter Kulturjournalist sein kann, bei Zeitungen in Massenauflage der zuständige Feuilletonist und bei periodischen Druckwerken mit geringer Auflage (wie etwa »Die Metzger-Post«, »Der Tipfinger Pfarrbote« oder »Der Urologe«) jener Reporter, der gerade Zeit hat.

Aber auch Filmfirmen, Schallplattenmultis und Parteisekretariate bedienen sich des Waschzettels, um, mit der Überlastung oder Bequemlichkeit der Presseorgane rechnend, die von ihnen gewünschte Message an den Endverbraucher zu bekommen.

Ein besonderes Service des Verlages des Buches, das Sie gerade lesen, besteht in dem einmaligen Angebot, statt eines Waschzettels gleich deren zwei

anzubieten, je nach Wunsch für eine positive oder eine negative Buchbesprechung.
Der Verlag ersucht um Zusendung von Belegexemplaren der positiven Buchrezensionen an seine Adresse.
Der Autor ersucht um Zusendung von Belegexemplaren eventueller negativer Rezensionen an seinen Klagevertreter Rechtsanwalt Dr. Dr. Franck Hunold.

Waschzettel eins

Über das Buch »Küß die Hand, Herr Hofrat«:
überaus lustig,
amüsant wie nichts zuvor,
einfach ergötzlich,
darüber muß wohl auch der Ernsthafteste lachen,
das ist Humor, wie man ihn sich wünscht,
das spaßigste Buch der letzten zehn Jahre,
vergnüglicher geht es nicht mehr,
ein bukolisches Vergnügen,
köstlich, kurzweilig und sehr, sehr klug

Über den Autor Felix Dvorak:
ein Genie des Humors,
Österreichs Antwort auf Kishon, Otto und Ronald Reagan,
ein gottvoll possierlicher Schreiber,

der weltweit belachte, große Komikerstar nun auch zum Lesen,
ein unbezahlbarer Humorist (Rabattanfragen und Gagenauskünfte erteilt das Felix-Dvorak-Management),
ihn finden auch Antimilitaristen zum Schießen,
das Schnurrigste aus Wien seit Bruno Kreisky,
zwerchfellerschütternd wie eine Gemini-Weltraumkapsel

Waschzettel zwei

Über das Buch »Küß die Hand, Herr Hofrat«:
mopsig, fad und doof wie eine OTTO-Show,
genauso abartig witzig wie Woody Allens Ergüsse,
miserabel übersetzt wie die Bücher Kishons (weshalb gibt es das Buch nicht im Original zu kaufen?),
ermüdende Unpointen à la Gerhard Polt,
eine größere Einfallslosigkeit findet sich nur noch in den Filmen Charlie Chaplins

Über den Autor Felix Dvorak:
schauderhaft in Sprache und Duktus wie Erich Kästner,
eine ebenso langatmige Komik findet sich nur noch bei Loriot,
Fans von Peter Ustinov können vielleicht auch über Dvorak lachen,

altmodisch wie Aristophanes,
der feinsinnige Humor von Margaret Thatcher ist mir lieber,
man fragt sich, wie dieser Mann so viele internationale Preise gewinnen konnte,
nichts für Anhänger von Ceausescu, Le Pen und Ayatollah Khomeini

Halt die Klappe

Halt! Die Klappe nicht vergessen!
Der Klappentext ist sehr wesentlich, sowohl für Leser als auch für Kritiker.
Darin kann man sehr viel über den Autor des Buches erfahren, und manches davon ist auch wahr.
Statt einer Erklärung über das Buch, rate ich, eventuell das Buch zu lesen.
Statt einer Erklärung über mich möchte ich ein sogenanntes oder auch Psychogramm veröffentlichen.
Dabei habe ich versucht, so ehrlich wie möglich auf die bekannten Fragen zu antworten.

Name: Felix Ferdinand Heinrich Dvorak, vulgo Felix Dvorak
Geburtsort: Wien
Eltern: Heinrich und Adele Dvorak
Ahnen: Antonin Dvořák
Stand: verheiratet seit 1961 mit meiner Elisabeth
Familie: zwei Töchter, vorläufig ein Schwiegersohn, bald ein Enkelkind
Augenfarbe: graublau

Körpergröße: 185 cm
Gewicht: seit Jahren zwischen 101 und 110 Kilogramm
Sternzeichen: angeblich Skorpion
Sport: total unsportlich
Auto: ja
Lieblingsfarbe: alle Pastelltöne
Lieblingsspeise: Wo anfangen? Wo enden?
Lieblingsgetränk: Wo enden? Wo anfangen?
Lieblingstier: alle Ungezähmten
Lieblingsblume: alle Naturbelassenen
Bevorzugte Jahreszeit: der milde Frühling, der milde Sommer, der milde Herbst, der milde Winter
Hobby: Sammeln (Bücher, bildende Kunst, Autographen ...)
Temperament: jegliches
Was begeistert Sie: sehr rasch etwas
Was ärgert Sie: sehr schnell etwas
Worüber können Sie lachen: über Woody Allen z. B.
Stärke: Treue
Schwäche: meine Schwächen
Morgen- oder Abendmensch: Abendmensch
Aberglaube: der Glaube, keinen zu besitzen
Lieblingsbuch: immer wieder ein anderes
Lieblingschriftsteller: Dickens, Zola, Twain, Kafka, Canetti, Mitgutsch ...

Lieblingsdramatiker: Lessing, Tschechow, Schnitzler, Horváth, Mitterer ...

Lieblingslyriker: Goethe, Kästner, Kaleko, Fried, Turrini ...

Lieblingskomponist: von Johann Strauß über Dvořák, Puccini bis Alban Berg

Lieblingsmaler: Wo anfangen? Wo enden?

Lieblingsfilmschauspieler: Charlie Chaplin, Hans Moser, Woody Allen

Lieblingssfilmschauspielerin: Greta Garbo, Paula Wessely, Meryl Streep

Lieblingssänger: Giuseppe di Stefano

Lieblingssängerin: Maria Callas, Barbra Streisand

Fernsehvorlieben: Aktueller Dienst und Dokumentationen

Faszinierendste Wissenschaft: die Erforschung der Möglichkeiten zum Überleben der Menschheit

Interessanteste Geschichtsepoche: von 1870 bis 1930

Lieblingsgestalt in der Geschichte: Ghandi

Lieblingsgestalt in der Literatur: Raskolnikow

Interessanteste Persönlichkeit der Gegenwart: Gorbatschow

Welche Gabe möchten Sie besitzen: Klavierspielen können

Wo möchten Sie leben: wo ich lebe

Welche Eigenschaften schätzen Sie am meisten: Toleranz und Humanismus

Ihr größter Wunsch: nie wieder Krieg

Ihr Motto: Alles liegt in Gottes Hand und in uns allen ist Gott

So weit, so ich.
Als Service für alle Zeitgeistpublikationen möchte ich noch ein zweites, flockigeres Psychogramm anfügen. Ich hoffe, damit im Trend zu liegen.

Name: Felix Dvorak (was Zeitgeistigeres fällt mir da nicht ein)
Geburtsort: Vienna – Middleeurope
Eltern: erstaunlicherweise ja
Ahnen: Mr. and Mrs. Kain aus Eden
Stand: sehr gut, da Schuhgröße 45
Familie: alles Supertypen
Augenfarbe: wie das Wasser an der Copa Kagrana
Körpergröße: gigantisch
Gewicht: wie Bud Spencer
Sternzeichen: Heuschreck
Sport: Geisterfahrer auf der Südautobahn
Auto: ein unheimlich heißer Ofen
Lieblingsfarbe: RAF-Pink
Lieblingsspeise: Pizza Brutale und Cocanabanana Split
Lieblingsgetränk: Alm-Cola, extra drei
Lieblingstier: Ottifant
Lieblingsblume: Mohn, pulverisiert

Bevorzugte Jahreszeit: Winter in Kitz, Sommer in Marbella

Hobby: Hasenjagd

Temperament: cool

Was begeistert Sie: der Zeitgeistjournalismus (mit echt geilen Fotos von Leichen)

Was ärgert Sie: die überflüssigen Zwei (Polizei und Politik)

Worüber können Sie lachen: über Filme, wo Polizisten und Politiker verarscht werden

Stärke: Ö3-Hören

Schwäche: Ich habe keine Schwäche, außer das schwache Geschlecht

Morgen- oder Abendmensch: nur Mitternachtsmensch

Aberglaube: daß es kein Glück bringt, wenn man vor High Noon schon aus den Daunen steigt

Lieblingsbuch: »... i wear narrisch!« von Heinz Sichrovsky

Lieblingsschriftsteller: Heinz Sichrovsky

Lieblingsdramatiker: jener, von dem die super inszenierte Farce um den »Heldenplatz« stammt

Lieblingslyriker: Udo Lindenberg

Lieblingskomponist: Udo Jürgens

Lieblingsmaler: Rolf Kauka (Fix und Foxi)

Lieblingsfilmschauspieler: Mike Krüger, Sylvester Stallone

Lieblingsfilmschauspielerin: Divine

Lieblingssänger: Falco
Lieblingssängerin: Prince
Fernsehvorlieben: Videoclips
Faszinierendste Wissenschaft: Computerspiele
Interessanteste Geschichtsepoche: today
Lieblingsgestalt in der Geschichte: Asterix
Lieblingsgestalt in der Literatur: Edi Finger in » ... i wear narrisch!«
Interessanteste Persönlichkeit der Gegenwart: Udo Proksch
Welche Gabe möchten Sie besitzen: die Elastizität Jörg Haiders
Wo möchten Sie leben: in L.A.
Welche Eigenschaften schätzen Sie am meisten: »IN« sein
Ihr größter Wunsch: einmal meine Memoiren von H. S. geschrieben zu bekommen
Ihr Motto: Dem Zeitgeist ist alles basta!

Nachwort des Autors

François-Marie Arouet, genannt Voltaire, meinte über unsereinen:
»Autor ist eine Berufsbezeichnung, die, wie der Name aller anderen Broterwerbe, Gutes und Schlechtes, Rühmliches und Lächerliches, Nützliches oder wertlosen Plunder bezeichnen kann.«
In der Hoffnung, mit diesem Werk dem großen Voltaire gerecht zu werden, verbleibe ich

Ihr ergebener Felix Dvorak